MÉMOIRE

Sur les effets salutaires de l'Eau-de-vie de Genièvre dans les Pays-Bas, froids, humides & marécageux, tant en santé que dans la plûpart des incommodités & dans plusieurs maladies, confirmés par l'expérience & par des observations multipliées.

Par M. DAIGNAN, Docteur en Médecine de l'Université de Montpellier, Conseiller Médecin du Roi & de l'Hôpital Militaire de Bergues ; Médecin consultant des Camps, des Armées & des Hôpitaux du Roi, de la Société Royale de Médecine de Paris.

Qui in paludosis degunt, iis stimulantia & calefacientia maximè prosunt.

L'Eau-de-vie de Genièvre est d'un usage général dans tout le Nord de l'Europe. L'Angleterre, la Flandre Autrichienne, la Hollande & l'Allemagne en font une consommation étonnante ; elle y est connue sous le nom de *Genèvre*, & elle y est employée comme liqueur & comme reméde. Le grand usage que j'en vois faire depuis vingt ans, m'a toujours rendu attentif aux motifs qui avoient pu l'accréditer ; je

A

me fuis convaincu par la réflexion, par l'expérience & par une fuite d'obfervations, que fa réputation eſt fondée fur ſes bons effets.

Dans tous les Pays–Bas, froids, humides & marécageux, on ne peut pas ſe paſſer de liqueurs fortes. Les rigueurs du climat, les intempéries de l'air, la nature des alimens, la qualité des eaux, le régime des Habitans les y rendent néceſſaires: auſſi n'y en a-t-il point qui n'y ſoient en uſage ; mais le Genièvre paroît avoir mérité la préférence ſur toutes les autres. On ne peut pas douter que ce ne ſoit par ſes bons effets. Le Peuple ne raiſonne point, le beſoin le preſſe, les faits le perſuadent, & l'exemple le décide ; il eſt curieux & facile ; il fait ce qu'il voit faire, il adopte bientôt ce qui lui paroît utile, ce qui le flatte, ou ce qui favoriſe ſes préjugés.

Les Hollandois dont l'eſprit eſt ſans ceſſe aiguillonné par la cupidité, attentifs aux penchans, aux goûts & au foible du public, comme aux néceſſités qui peuvent tourner à leur avantage, ont fait de cette liqueur une branche de commerce qui s'eſt tellement étendu, que ſelon l'opinion commune, ils en font annuellement pour douze millions de livres. Les gens de peine & du peuple furent les premiers qui en firent uſage ; on ne la préféra d'abord aux Eaux–de–vie de vin, que par le bas prix où elle étoit dans les Pays où on la fabriquoit.

La premiere intention dans l'uſage des liqueurs fortes eſt de ſe conſerver dans l'état de ſanté, & de ſe prémunir contre les influences du climat & les injures du temps. La maxime du vulgaire étant par tout de recourir à ce qui fortifie & à ce qui ranime dans les incommodités & dans le commencement des maladies, dont la plûpart s'annoncent par des défaillances, des foibleſſes, ou par l'abbatement & l'anéantiſſement, chacun a recours, dans ces cas, à la liqueur qu'il a ſous la main, qui eſt plus à portée de ſes facultés, ou à laquelle il eſt plus accoutumé : Les occaſions d'employer le Genièvre dans les Pays où il s'eſt introduit, furent donc fort fréquentes. On ne tarda pas à s'appercevoir qu'outre la propriété de remédier aux foibleſſes, il produiſoit d'autres effets, puiſqu'il diſſipoit ſouvent, ou diminuoit conſidérablement beaucoup d'incommodités que les autres liqueurs ſembloient irriter, ou ne faiſoient que ſoulager ou ſuſpendre pour un moment. Les ſuccès répétés, en méritant au Genièvre la confiance

de ceux qui l'avoient éprouvé, engagez à le conseiller à d'autres, &
à fixer pour ainsi dire les cas où il pouvoit convenir; & ces succès en
se multipliant de proche en proche, lui ont acquis la vogue sur toutes
les autres liqueurs.

C'est ainsi que l'usage du Genièvre s'est introduit dans tout le
Nord; mais comme le mal est toujours à côté du bien, & qu'il est
rare que les hommes n'abusent pas des meilleures choses, cet usage
est devenu abusif par l'excès & par la fausse application que beaucoup de gens en font; c'est pourquoi en faisant connoître les propriétés & les bons effets de cette liqueur dans l'usage ordinaire,
nous croyons utile d'indiquer les cas où elle convient particulierement dans les incommodités & dans les maladies, & les précautions
avec lesquelles on doit en user, pour en tirer plus d'avantage.

Il est certain que cette liqueur convient parfaitement par elle-même dans tous les Pays-Bas, froids, humides & marécageux. Non-
seulement elle restaure, elle anime, elle échauffe, elle augmente le
ressort des solides & le mouvement des fluides, comme toutes les
autres liqueurs spiritueuses; mais encore elle aide puissamment à la
digestion, elle dissipe les vents, elle pousse par les urines, elle excite
la transpiration, elle divise les humeurs, elle fait une impression
agréable sur les nerfs, elle fortifie les viscères, elle ranime en un
mot toutes les fonctions de l'économie animale, en facilitant toutes
les secrétions & les excrétions. Aussi le Genièvre est-il généralement
regardé dans tous les Pays-Bas, comme un excellent cordial, un
puissant stomachique, un carminatif, un diurétique, un béchique,
un diaphorétique, un emmenagogue, un anti-histérique & un anti-
scorbutique.

Sans donner dans le merveilleux & dans l'enthousiasme de la char-
latannerie, nous ne pouvons pas disconvenir que cette liqueur ne
réunisse les propriétés qui peuvent mériter ces titres. On peut s'en
convaincre par les vertus que les Médecins de tous les Pays ont attri-
buées & reconnues par l'expérience dans le Genièvre.

Toutes les parties de cet arbrisseau sont d'usage en Médecine;
les racines, le bois, les feuilles, les bayes : les plus anciens Médecins les ont employées sous différentes formes; les racines, le bois,
les feuilles passent pour sudorifiques; on en fait des tisanes & des

fumigations contre le mauvais air & la contagion ; on emploie les bayes telles qu'elles font pour fortifier l'eftomac & faciliter les digeftions ; les Confiffeurs en faifoient autrefois à Paris des dragées, connues fous le nom de *dragées de S. Roch ;* on les employoit dans les maladies épidémiques ; les Allemands fe fervent de ces bayes dans leurs cuifines comme affaifonnement ; les gens de la campagne fur tout en font un fi grand ufage, qu'*Ettmuller* les regarde comme leur aromate favori & leur principale épicerie. Ils en font une confiture ou une forte d'extrait, connu fous le nom de thériaque des Allemands, *Thériaca-Germanorum.* Cette confiture eft auffi connue dans quelques-unes de nos Provinces méridionales, où on la fert prefque à toutes les tables, lorfque les autres fruits font rares.

Les Apothicaires de tous les Pays en font auffi un extrait qui eft d'un très-grand ufage contre la pituite, les flatuofités & la lenteur des digeftions provenant de l'humidité & du relâchement de l'eftomac : on en fait encore diverfes autres préparations, felon les lieux & le befoin que chacun croit en avoir, fur la réputation & les bons effets qu'on attribue par tout à ces bayes & à leurs préparations. Tous nos Auteurs donnent des formules d'infufions, de teintures, d'extraits, de ratafia, de firops, de vins, d'eaux, d'efprits, &c. qu'on en fait. Il n'y a point de Pharmacopée où l'on ne trouve plufieurs de ces formules ; & tous les Médecins font grand cas de ces préparations ; ils s'en fervent non-feulement pour leurs malades, mais pour eux-mêmes.

Laurentius, Profeffeur à Roftock, dit *Geoffroy, Matiere Med.* tome *7, page 128,* qui étoit attaqué du calcul, mangeoit tous les jours une poignée de bayes de Genièvre, & par ce moyen il rendoit non-feulement du fable, mais encore de petits calculs & même de la groffeur d'une lentille, & fi ce n'étoit pas fans difficulté, c'étoit au moins fans douleur : au lieu qu'avant l'ufage de ce remède il fe trouvoit fouvent très-mal.

Paulli, Difciple du fameux *Riolan*, quoique de la même Ville de Roftock, & qui devint dans la fuite premier Médecin du Roi de Danemarck, affure que par le moyen du vin dans lequel il faifoit macérer des bayes de Genièvre, il a délivré plufieurs perfonnes des douleurs continuelles de la néphrétique.

Riviere employoit ces bayes dans tous les cas d'atonie & de relâchement.

Ettmuller en vante beaucoup l'eau diftillée contre les coliques & la néphrétique.

Mathiole recommande la leffive de fes cendres dans l'hydropifie & la bouffiffure. Plufieurs obfervations des éphémérides d'Allemagne confirment le fentiment de *Mathiole*, & prouvent les grands effets de toutes les préparations du Genièvre dans cette maladie.

Tackius, qui vouloit renchérir fur *Vanhelmont* dans la recherche d'un reméde propre à prolonger la vie, fait un fi grand éloge du Genièvre, qu'il paroit s'être flatté de parvenir à cette découverte par fes préparations.

On ne finiroit pas, fi on vouloit rapporter tous les cas où les Médecins de tous les Pays ont employé avec fuccès les différentes préparations du Genièvre. On n'en fera pas furpris, fi on fait attention aux vertus que *M. Geoffroy* attribue aux bayes ; voici comme il s'explique dans fa *Matiere Médicale*, tome 7, page 127 & *fuivantes.*
» Nous les regardons feulement comme un médicament. Elles
» réfolvent puiffamment, difcutent, attenuent, échauffent, déter-
» gent & fortifient ; elles font utiles quand l'eftomac eft froid ; elles
» digerent la pituite qui s'y épaiffit ; elles diffipent les vents qui
» en naiffent, appaifent les coliques, aident la digeftion, exci-
» tent l'urine, détergent & font fortir les glaires qui font inhéren-
» tes dans les reins, chaffé hors du corps les calculs & les fables
» qui font enveloppés dans ces glaires & qui féjournent dans ces
» parties ; elles réfolvent la pituite vifqueufe qui engorge les glan-
» des du poulmon, & aident l'expectoration, guériffent la toux &
» l'afthme humide ; elles font utiles dans les catarrhes & dans la fup-
» preffion des régles ; elles rétabliffent la fluidité du fang, dont elles
» augmentent le mouvement ; elles excitent les fueurs & réfiftent
» aux poifons coagulans, & c'eft avec raifon que quelques-uns les
» appellent la thériaque des gens de la campagne.

M. Geoffroy ne vante pas moins le vin, l'efprit & l'huile de Genièvre ; le vin fe fait, dit-il, avec les bayes que l'on pile & que l'on fait fermenter avec de l'eau, jufqu'à ce qu'elles aient acquis une odeur & une faveur vineufe ; cette boiffon eft agréable, elle eft très-utile dans les maladies froides de l'eſtomac, des inteſtins & des reïns. On tire de cette liqueur fermentée un eſprit ardent qui eſt recommandé dans les maladies de la tête & des parties nerveuſes, ſoit qu'on l'emploie intérieurement, ſoit à l'extérieur ; il eſt puiſſamment diurétique quand on le prend intérieurement.

L'huile eſſentielle de Genièvre diſſoute dans l'eſprit de vin bien rectifié, eſt fort diurétique, emmenagogue & carminative. On la prend avec l'infuſion de feuilles de thé, ou avec du vin d'Eſpagne, à la doſe de quelques gouttes, ou même on fait un *oleoſaccharum* de cette huile eſſentielle avec le ſucre, qui ſe mêle aiſément avec les liqueurs aqueuſes.

Les préparations du Genièvre ſont non–ſeulement très-efficaces par elles-mêmes ; mais encore elles ajoûtent à l'efficacité de beaucoup d'autres remèdes. On emploie les bayes, continue *M. Geoffroy*, dans l'élixir de *Fioraventi*, dans l'élixir anti-peſtilentiel de *Sennert*, dans l'élixir aſthmatique de *Zwelfer*, dans l'opiate de *Salomon*, dans l'antidote orviétan de *Charas*, l'orviétan de *Hoffman* ; & on ſe ſert de l'huile eſſentielle de Genièvre, dans le baume vulnéraire de Metz de *Schroder*.

On diſtingue deux eſpèces de Genièvre, le petit & le grand ; l'un eſt un arbriſſeau, l'autre un arbre, qui dans les Pays chauds fournit la réſine, qu'on appelle *ſandarack*. Quant aux vertus, ils ne diffèrent que du plus au moins, ſi en effet ils diffèrent réellement. Le petit eſt le plus commun & le plus uſuel ; toutes les parties en ſont odorantes, aromatiques & d'un goût âcre ; elles fourniſſent dans l'analyſe une liqueur acide, auſtère, beaucoup d'huile, ſoit eſſentielle, ſoit graſſe, & même fixe ; un ſel alumineux & tartareux. L'huile a, comme la thérébentine, la propriété de donner aux urines une odeur de violette.

Tous ces principes ſont plus abondans dans les bayes que dans les autres parties de l'arbriſſeau ; d'où on doit conclure que les bayes réuniſſent toutes ſes propriétés, même à un dégré éminent ; ce qui fait qu'on n'emploie guères aujourd'hui en médecine que les bayes, qu'on traite différemment, ſelon l'uſage qu'on ſe propoſe d'en faire.

Si on examine avec quelqu'attention les ſubſtances que le Genièvre fournit par l'analyſe, on ne ſera pas éloigné de croire qu'elles puiſſent produire tous les effets qu'on leur attribue, en les mitigeant, en les combinant & en les modifiant diverfement, felon le but qu'on fe propofe. Il n'y a point de fubftance qui contienne autant de principes propres à fortifier les folides, à ranimer les efprits, à attenuer les humeurs, à augmenter l'ofcillation de tous les vaiffeaux & à donner de l'énergie à tous les vifcères; c'eft de ces effets primitifs, dans l'économie animale, que dépendent les vertus multipliées qu'on attribue aux différentes préparations du Genièvre, qui font confirmées par les autorités & par les exemples que nous avons cités ci-deffus.

Les bayes de Genièvre étant la partie qui poffède fes vertus à un plus haut degré, il étoit naturel qu'on leur donnat la préférence pour la confeétion de l'eau-de-vie, c'eft auffi la feule partie qu'on y emploie. De même que les bayes réuniffent toutes les propriétés du Genièvre, l'eau-de-vie réunit auffi toutes les vertus de toutes les autres préparations; bien plus elle en acquiert de nouvelles par la combinaifon & les préparations qui s'obfervent dans cette compofition & par les différentes modifications qu'on donne à la liqueur même, en la variant à volonté, dans l'ufage qu'on en fait, foit par la dofe, foit par la vehicule, ou les mêlanges qu'on adapte aux circonftances. Il eft aifé de déduire les preuves de tout ceci des procédés qui s'obfervent dans la confeétion de cette liqueur.

La fabrication de l'eau-de-vie de Genièvre fe fait avec la farine de feigle & de fucrion, qui n'eft autre chofe que l'orge qu'on feme avant l'Hyver. On prend trois quarts de feigle & un quart de fucrion, on les mêle enfemble & on les met en fermentation dans des cuves pendant quarante-huit heures, dans la proportion à peu près de trois livres de farine fur cinq livres d'eau; on en charge enfuite plufieurs alambics. Quatre mille livres pefant de ce mêlange produifent dans la premiere diftillation quinze cens foixante pots de liqueur; cette même quantité eft réduite par une feconde diftillation à fept cens vingt pots; on ajoute fur les fept cens vingt pots de liqueur quatre-vingt livres de bayes de Genièvre, on foumet le tout à une troifiéme diftillation qui produit quatre cens cinquante pots d'eau-de-vie de Genièvre dans fa perfeétion, telle qu'elle eft dans le commerce, où elle eft connue fous le fimple nom de Genèvre.

Il réfulte de cette opération une liqueur fpiritueufe, inflammable,

très-active & très-pénétrante, impregnée de tous les principes du Genièvre, fur-tout de fon huile qui eft très-abondante dans les bayes.
Cette huile dont une grande partie eft, comme nous l'avons dit,
graffe & même fixe, fe trouvant aténuée, divifée & même volatilifée par un menftrue qui lui eft propre & qui lui fert de vehicule,
paffe aifément dans tous les couloirs de l'économie animale, où eft
promptement reforbée par les pores qui fe rencontrent dans toute la
texture des folides, de maniere qu'elle pénètre & parvient par tout,
avec toutes fes vertus, & elle y agit avec toute l'énergie dont elle
eft capable, tant fur les folides que fur les fluides, de la maniere
que nous avons dit ci-deffus, c'eft-à-dire, en fortifiant les uns & en
divifant les autres, en animant toutes les facultés & en rendant toutes les fonctions plus promptes & plus faciles. Or ces effets conviennent parfaitement dans tous les Pays-Bas, froids, humides &
marécageux, où le fol eft toujours inbibé d'eaux ftagnantes, l'athmofphère chargée de vapeurs, le ciel nébuleux, les vents violens,
les pluies fréquentes, les brouillards continuels, la température
inégale, l'évaporation extrême & le froid habituel.

Les Habitans de ces Pays mangent beaucoup & boivent encore
plus; il font en général gros, gras & replets; leurs fibres font mo-
les & lâches, les fenfations émouffées, le genre nerveux engourdi,
ou peu vibratil, la circulation lente, toutes les humeurs fort abon-
dantes, épaiffes vifqueufes & gluantes, tant à raifon de la lenteur
de leur mouvement, qu'à raifon du régime.

Tous les alimens font fort abondans en fucs, mais ces fucs pêchent eux-mêmes par les mêmes vices, tant dans les végétaux que
dans les animaux, qui fe reffentent des influences du climat comme
les hommes : Les herbes potageres, les fruits, les légumes ont peu
de faveur, font fort aqueux & fourniffent une nourriture groffiere,
difficile à digérer & qui produit beaucoup de flatuofités.

La viande de boucherie, quoiqu'on en dife & quoique très-belle
& très-bonne, n'y eft pas à beaucoup près auffi parfaite que dans les
climats plus tempérés, où l'air eft plus pur & plus élaftique, & les
pâtures moins aqueufes. Les fucs des animaux pêchent non-feulement à raifon du climat, du fol & de la qualité des pâturages, mais
encore par l'état même des beftiaux. Tout ce qui eft deftiné à la boucherie

cherie eſt nourri ſi abondamment que l'animal eſt plutôt empâté
qu'engraiſſé : on force pour ainſi dire l'accroiſſement des beſtiaux,
& on entaſſe la graiſſe ſi précipitamment, qu'on ne donne pas le
temps à la nature de perfectionner les ſucs & qu'on empêche les viſcères d'acquérir l'énergie néceſſaire pour les travailler. La viande
de ces animaux eſt comme les fruits hâtifs & précoces, fort abondante en ſucs, mais ſans ſaveur ; elle eſt rarement dure, mais aſſez
ſouvent coriace, glutineuſe, non-ſeulement à cauſe de la maniere
dont l'animal eſt élevé, mais parce qu'il n'éprouve aucun beſoin,
aucune peine, ni aucunes des alternatives de fatigue & de repos néceſſaires à l'économie animale, pour donner au corps toute ſa conſiſ-
tance. A l'exception de la vache, la viande de boucherie ſe tire
preſque toute de jeunes animaux qui n'ont pas encore acquis leur
perfection, & qui n'ont jamais travaillé : Tout le monde ſait que
la viande des jeunes animaux eſt très-nourriſſante, mais plus difficile à digérer, & moins parfaite que celle des vieux animaux qui
ont ſouffert avant d'être engraiſſés. Dans les Pays gras, humides & marécageux, la volaille & le gibier ſont auſſi en général in-
ſipides, coriaces & ſans parfum.

Quoique l'uſage de la viande ne ſoit ordinaire que parmi les gens
aiſés, il ne laiſſe pas que d'être commun dans le Nord parmi le
peuple ; cependant la nourriture ordinaire des Artiſans, des Manœu-
vres & des Habitans de la Campagne ſe fait de lait, de beurre, de
fromage, de lard, de porc ſalé ou fumé & de poiſſon ſec ou mariné.

Tous ces alimens fourniſſent une nourriture abondante, forte &
groſſière, qui jointe aux diſpoſitions naturelles, rend le corps lourd,
peſant & maſſif ; le chyle épais, les humeurs glaireuſes, le ſang viſqueux, les chairs flaſques, les fibres molles, les digeſtions labo-
rieuſes, les ſécrétions irrégulieres & les excreſſions pareſſeuſes : ſi
on ajoûte à cela les inconvéniens des mauvaiſes qualités des eaux qui
ſont crues & bourbeuſes, & de la boiſſon ordinaire qui conſiſte dans
l'uſage exceſſif du thé & de la bière, on verra que le régime des
peuples dont nous parlons, réunit tout ce qui peut favoriſer la plé-
thore, le relâchement, la lenteur & l'épaiſſiſſement.

Il réſulte de ce que nous venons d'expoſer, que la conſtitution
naturelle de ces peuples, leur régime & les influences de leur cli-

B

mat ont beaucoup d'inconvéniens pour la fanté, qu'ils doivent être
fujets à beaucoup d'incommodités habituelles, & qu'ils réuniffent
les caufes les plus prochaines de beaucoup de maladies, particulièrement de toutes celles qui dépendent du relâchement, de la furabondance des humeurs, de l'épaiffiffement, de la lenteur de la
circulation & de l'irrégularité des fécrétions. Ces maladies font par
elles-mêmes en très-grand nombre & tiennent par quelqu'endroit
à prefque toutes celles auxquelles l'humanité a été affujettie; auffi
font-ils fort fujets aux flatuofités, aux borborigmes, aux coliques
venteufes & bilieufes, à la difficulté d'uriner, à la goutte, aux rhu-
matifmes, aux fluxions, aux éréfipelles, aux éruptions cutanées,
aux péfanteurs de tête, aux affections comateufes, à l'apoplexie,
aux catarrhes, à l'afthme, à toutes les efpèces d'hydropifie, aux fiè-
vres, aux obftructions & au fcorbut.

Ces Peuples ont des difpofitions fi prochaines à toutes ces maladies, qu'ils en font fouvent attaqués comme par furprife, dans le
temps qu'ils paroiffent jouir de la meilleure fanté. Quoiqu'ils foient
en apparence très-forts & très-vigoureux, cet état de fanté annonce
rarement la liberté dans les fonctions; il eft le plus fouvent accompagné, fur-tout dans les perfonnes fédentaires qui ne font point
d'exercice, d'un mal-être général difficile à définir, de péfanteur,
d'engourdiffement, de ftupeur qui les rend durs, peu complaifans &
peu fociables, & qui leur donne un air trifte, foucieux, rêveur &
mélancolique; ce n'eft que parmi les gens de peine, accoutumés à
des travaux durs & fuivis qu'on trouve des hommes véritablement
forts, robuftes & nerveux.

La plûpart feroit réellement fans ceffe malades du côté du phyfique ou du moral, & fouvent de l'un & de l'autre en même-temps,
s'ils n'avoient pas trouvé le moyen de balancer & de retarder l'effet
de tant de caufes de maladies qu'ils portent avec eux. C'eft dans la
pipe & les liqueurs fpiritueufes qu'ils ont trouvé cet heureux & fou-
verain antidote, qui les défend en même-temps contre les défavan-
tages de leur conftitution, les vices du régime, les injures du temps
& les inconvéniens du climat; auffi en font-ils un ufage fi fréquent,
ou fi abondant, que le remède devient fouvent un mal; tout le monde
connoît aujourd'hui ce que c'eft que d'être blafé; c'eft un état d'atonie,

de langueur & de dépériffement, qui ne reconnoît pas d'autre caufe que l'abus des liqueurs fpiritueufes.

Ils ufent non-feulement de toutes les liqueurs connues, mais encore ils en compofent eux-mêmes avec tout ce qui a quelqu'énergie; quoique leur goût foit facile à plier à cet égard à tout ce qui l'affecte vivement, ils femblent avoir depuis long-temps une prédilection marquée pour le Genièvre. Une expérience déjà affez longue & générale dans ces Pays, prouve que leur goût s'accorde parfaitement avec leurs befoins & le raifonnement le confirme.

La digeftion eft de toutes les fonctions animales la plus effentielle & celle d'où dépend l'intégrité de toutes les autres. L'état de nos humeurs tient toujours à celui du chyle, & les qualités du chyle dépendent de celles des alimens & de l'action des organes de la digeftion; fans de bonnes digeftions tout va mal dans l'économie animale; c'eft-là la bafe d'une fanté ftable & des délices de la vie. Nous venons de voir que les Habitans des Pays humides & marécageux font expofés à cet égard à toutes les contrariétés poffibles: cette fonction chez eux feroit donc toujours en défaut, s'ils n'avoient pas des fecours propres à aider la nature, pour furmonter les obftacles qui s'oppofent aux efforts qu'elle fait pour l'accomplir? C'eft au Genièvre furtout qu'ils font redevables de cet avantage; le temps de la digeftion eft pour eux un temps de gêne, de douleurs ou de mal-aife. Tel bien organifé qu'on foit, on eft fouvent tourmenté par des vents, des rapports, des naufées, des tiraillemens, des éprintes, des coliques, des affections de tenfion de gonflement, & d'un accablement général qui affoupit & qui met hors d'état d'agir. Ces incommodités s'aggraveroient promptement & feroient fuivies d'accidens fâcheux, fi on n'ufoit pas de liqueurs fortes; c'eft l'expérience qui l'a appris, & c'eft dans ces cas que le Genièvre réuffit merveilleufement. Il faut dans ces contrées quelque chofe qui aiguillonne pour ainfi dire toujours la nature pour la faire aller. C'eft pour cela que ceux qui ne font pas affujettis par état à des travaux pénibles, ou à des exercices violens, paffent leur vie à boire & à fumer. Nous fuivrons ailleurs cette réflexion; revenons à la digeftion.

C'eft le propre des liqueurs fortes, en agiffant fur les fibres de l'eftomac, de réveiller fubitement tout le genre nerveux, d'augmen-

ter le reffort de tous les folides., le mouvement de tous les liquides & la chaleur de toutes les parties; d'animer l'action de tous les
vifcères, d'aider plus particulièrement celle de l'eftomac, d'y attirer
une plus grande abondance d'efprits, de donner plus d'activité au
fuc gaftrique, de pénétrer les alimens, de divifer les fucs gras, d'en
dégager l'air furabondant, de les rendre mifcibles avec les boiffons, de porter en un mot dans toute la machine un efprit vivifiant,
qui anime en même-temps toutes les puiffances, & qui met toutes
les parties en jeu.

C'eft en effet de l'action fimultanée de toutes les parties du corps
que dépend la perfection de la digeftion. C'eft ici le cas de citer à
ce fujet une thèfe très - curieufe, foutenue autrefois aux Écoles de
Médecine de Paris par *M. de Bordeu*, fous ce titre : *An omnes
corporis partes digeftioni opitulentur*. On y verra que fans le concours
de toutes les parties cette importante fonction eft toujours impar-
faite. Il eft aifé de s'en convaincre fi on fait attention, que dans
toutes les maladies, l'appétit ceffe ou diminue dès leur invafion; que
les perfonnes qui font d'une conftitution forte & robufte digèrent le
mieux ; que celles au contraire qui font d'une conftitution foible,
chétive & délicate digèrent mal, & que quiconque digère mal ne fe
porte jamais parfaitement bien. D'ailleurs tout ce qui eft relatif à
l'eftomac indique fes rapports avec les autres parties, fa fituation au
milieu du corps, fa compofition, fon action & les phénomènes de
fes fonctions. Perfonne n'ignore qu'une affection de l'ame ou une
douleur du corps un peu vive, fufpend ou dérange les fonctions de
l'eftomac, & que les affections douloureufes de l'eftomac fufpendent
ou dérangent les fonctions des autres parties. Il faut confulter à ce
fujet l'admirable Differtation de *M. de Senac*, dans fes remarques
fur l'anatomie d'*Heifter*, fur le méchanifme de la digeftion.

Rien n'eft plus propre à aider cette importante fonction, lorfqu'elle languit par quelque caufe de relâchement, & lorfqu'elle devient laborieufe par la qualité des alimens trop gras, trop durs, ou
trop aqueux, que les liqueurs fpiritueufes.

Ce font précifément les inconvéniens les plus ordinaires qu'on a
à combattre dans ces climats; les liqueurs fpiritueufes y conviennent
donc d'autant plus qu'elles font le diffolvant propre des corps gras,

& qu'elles se mêlent parfaitement avec tout ce qui est aqueux ; d'ailleurs elles sont comme une vapeur subtile qui se répand dans l'instant par tout, & qui en châtouillant les houpes nerveuses de l'estomac met toute la machine en action ; c'est par là qu'elles contribuent essentiellement à la conservation de la santé, en combattant en même-temps les désavantages de la constitution, les vices du régime & les inconvéniens du climat.

Ces liqueurs quoique très-variées, agissent toutes à peu près de même, mais plus ou moins vivement selon le dégré de leur force, de leur volatilité & des ingrédiens dont elles sont composées : chacune a son mérite, & chacun adopte celle qui flatte son goût, ou dont il a à se louer ; le Genièvre paroît adopté par le plus grand nombre. Outre qu'il produit en général l'effet ordinaire de toutes les liqueurs de ce genre, il est plus agréable au goût, il paroît plus favorable dans tous les cas à la digestion ; il affecte moins le genre nerveux ; il excite plus vivement la transpiration ; il agit plus promptement par les urines ; il paroît plus efficace dans tous les embarras des reins & de la vessie ; & enfin il est regardé sur tout comme un puissant anti-scorbutique. Les remarques qu'on a faites à cet égard dans l'usage ordinaire du Genièvre, employée comme liqueur dans l'état de santé, ont paru si justes, qu'on a cru pouvoir l'employer comme remède dans tous ces cas, & le succès a parfaitement répondu à la bonne opinion qu'on avoit conçue de ses vertus, qui sont confirmées par les observations suivantes.

OBSERVATIONS GÉNÉRALES

Sur les bons effets du Genièvre dans les Pays Septentrionaux.

Dans tous les Pays-Bas, froids, humides & marécageux, les cachectiques, les pituiteux, les phlegmatiques, les hypocondriaques, les asthmatiques, les personnes extraordinairement grasses, qui ont les jambes gorgées ou œdémateuses, les femmes hystériques & celles dont les secours périodiques sont lents, difficiles & laborieux, regardent le Genièvre comme un préservatif contre les accidens dont leur état les menace, & comme le remède le plus fûr lorfqu'elles ne peuvent pas les éviter, pour les modérer & pour en arrêter le progrès. Il eft aifé de comprendre, par tout ce que nous avons dit, que cette liqueur doit produire des effets falutaires dans tous ces états; dans les cachectiques, en raliant les globules du fang & en donnant plus de confiftance & de fermeté aux folides; dans les pituiteux, en divifant les humeurs qui dépendent de la lymphe; dans les phlegmatiques, en chaffant par les urines la furabondance de la férofité; dans les hypocondriaques, en donnant plus d'aifance à toutes les fonctions, & plus de tranquillité à l'imagination; dans les afthmatiques, en donnant plus de reffort aux bronches, & en les débarraffant des humeurs qui s'y accumulent; dans les perfonnes trop graffes, en accélérant le mouvement de tous les fluides & en ranimant l'action de toute la machine; dans les femmes hyftériques, en faifant une impreffion agréable fur les nerfs & en rendant plus égale & plus réguliere la diftribution des efprits animaux; & dans celles dont les régles font difficiles, en calmant l'érétifme de la matrice, en divifant & en donnant plus de vélocité au fang.

Les bons effets que le Genièvre produit conftamment dans les perfonnes ainfi affectées, fert de régle à ceux qui ont quelque difpofition à ces accidens, pour s'en préferver & pour remédier à ceux qui leur font analogues ou qui y ont quelque rapport. Prefque tous les vieillards prennent du Genièvre le foir pour faciliter la digeftion, les uns après fouper, les autres avant de fe coucher; d'autres en prennent le matin pour fe débarraffer de cette pituite muqueufe qui les fatigue par une toux continuelle; cette incommodité eft trèscommune dans tous les Pays froids & humides; on n'y connoît rien qui foulage plus fenfiblement que le Genièvre : les fréquens exemples du fuccès qu'il a dans une infinité d'autres circonftances font fi frappans, que le Peuple femble diftinguer le cas où il convient; il le regarde comme fpécifique dans la rétention & les ardeurs d'urines qui accompagnent affez ordinairement l'ufage immodéré de la bière trop nouvelle; chacun a fes maximes pour l'ufage de cette liqueur, & on ne peut pas difconvenir qu'en général elles ne foient très-fûres. L'application heureufe qu'on en fait le plus fouvent, a engagé les Médecins du Pays à préférer le Genièvre à tout autre remède dans bien des cas,

On l'emploie feul ou on en fait la bafe de prefque tous les remèdes qu'on prefcrit dans les affeions hyftériques , dans les coliques
d'eftomac, les coliques venteufes & bilieufes , & même dans la néphrétique : Il faut obferver que dans ces deux derniers cas, il réuffit
mieux en le mêlant avec l'huile d'olive & quelques gouttes anodines
de fydenham , & que fans cette précaution, il pourroit y être dangereux. Le Genièvre paroît avoir remplacé avec avantage pour
tous ces cas, dans la pratique ordinaire des Médecins des Pays-
Bas, l'eau d'anis & l'efprit carminatif de *Silvius*, que les meilleurs
Auteurs recommandent; il y réuffit ordinairement fi bien, que le Peuple le regarde comme un remède ufuel, dont il fe fert fouvent fans
le confeil des Médecins.

Il réuffit également bien dans la langueur, l'inappétence, la bouffiffure , & la foibleffe qui accompagnent les pâles couleurs chez les
jeunes filles ; dans les anxietés, les coliques & les éprintes qui préce-
dent & qui annoncent la premiere éruption des régles; dans la fuffoca-
tion & l'accablement qui eft fort ordinaire au moment de cette évacua-
tion périodique parmi les jeunes perfonnes du fexe, qui ne font pas
d'une conftitution forte, dont les organes fe font développés avec
difficulté, qui ont effuyé des maladies ou qui font expofées par état
à des travaux pénibles & aux injures du temps ; il convient encore
dans tous les cas de fuppreffion fubite qui dépendent des affeions
de l'ame , ou de toute autre caufe que de la rigidité des fibres de la
matrice, ou d'une trop grande abondance de fang.

Parmi les maladies compliquées, l'hydropifie & le fcorbut font
celles où le Genièvre paroît produire des effets falutaires de la maniere la plus fenfible. Ces maladies font fi fréquentes dans les Pays
froids, humides & marécageux, qu'il ne feroit pas difficile de citer une multitude d'exemples en faveur de cette liqueur comme
propre à prévenir ces maladies , à en modérer quelques fymptômes
& à les terminer quelquefois heureufement: Mais comme les faits
cités fur des témoignages ifolés n'ont pas affez d'authenticité pour faire
preuve en matière grave , il eft néceffaire de faire connoître les caufes générales de ces maladies, pour qu'on puiffe juger que cette liqueur peut y être placée avec avantage dans bien des circonftances.
Pour ne pas entrer dans une difcuffion trop longue, nous nous bor-

nons aux caufes de l'une de ces deux maladies, & nous donnons la
préférence au fcorbut comme étant la plus compliquée des deux,
& que d'ailleurs il n'eft pas moins fouvent la caufe de l'hydropifie,
que l'hydropifie l'eft du fcorbut; c'eft d'après *Boerhaave* que nous
rapportons ces caufes; l'autorité de cet Auteur doit être d'un plus
grand poids, dans cette occafion, que celle de tout autre, puifqu'il
vivoit dans le Pays le plus défavantageux de tous ceux dont nous
parlons, c'eft ainfi qu'il s'explique dans le 1150me. de fes Aphorif-
mes.

» Le fcorbut attaque principalement les Habitans de la Grande-
» Bretagne, de la Hollande, de la Suède, du Dannemarck, de la
» Norwege, de la Baffe-Allemagne, & conféquemment les Peuples
» du Nord & ceux qui vivent dans un climat froid, & furtout ceux
» qui font voifins de la mer ou des lieux fubmergés par les eaux de
» la mer, des lacs, des marais, des terres graffes, fpongieufes; qui
» habitent un terrain enfoncé entre des digues qu'on élève pour
» arrêter les eaux; & parmi ces Habitans il exerce particulièrement
» fa violence contre ceux qui ne font point d'exercice & qui paf-
» fent l'hyver dans des fouterrains pavés; contre les gens de mer
» qui vivent, foit fur mer, foit fur terre, de viandes falées ou fu-
» mées, de bifcuit de mer, d'eau corrompue & pleine de vers;
» ceux qui aiment à fe nourrir d'oifeaux de riviere, de poiffons
» falés & endurcis à l'air ou à la fumée, de viandes de bœuf ou de
» porc fumées & falées, & des végétaux farineux non-fermentés,
» de pois, de fêves, de vieux fromage fort & falé, enfin ceux qui
» font fujets à la mélancolie, à la manie, à l'affection hypocondria-
» que ou hyftérique, à des maladies lentes, furtout quand ils ont
» trop ufé de quinquina.

Boerhaave raffemble dans ce peu de mots, précifément toutes
les caufes fur lefquelles nous établiffons les bons effets des liqueurs
fortes en général & du Genièvre en particulier. Quoiqu'il ne parle
pas expreffément de cette liqueur, fon autorité ne lui eft pas moins
favorable, à moins de la nommer il ne peut pas s'expliquer plus
clairement qu'il le fait dans l'aphorifme 1165, où il dit: » On n'aura
» pas de peine à expliquer, après tout ce que nous avons dit, pour-
» quoi les aromates les plus âcres, le cochléaria, la paffe-rage, les
creffons,

» creſſons, le pied-de-veau, les raiforts, le poivre, le gingembre,
» le petit ſedum âcre, les ſels alcalis volatils, fixes, huileux, aro-
» matiques, ſavoneux, font ſouvent très-bien ſeuls.

Le Genièvre ne le cède certainement en rien à aucun de ces aromates, il mérite même la préférence dans ce cas, ſi on conſidère
les précautions avec leſquelles *M. Lind* dit qu'il faut en uſer & le
choix qu'il faut en faire. Cet Auteur qui a fait le Traité le plus com-
plet que nous ayons ſur le ſcorbut, & qui a commenté celui de
Boerhaave, dit expreſſément dans la note de l'aphoriſme que nous
venons de rapporter : » Que comme pluſieurs d'entre eux (ces aro-
» mates) ont beaucoup d'âcreté, il faut les employer avec prudence,
» de peur que les humeurs glutineuſes & épaiſſes étant remuées ſu-
» bitement par ces ſtimulans, ne s'amaſſent dans les poumons & ne
» cauſent une maladie dangereuſe.

Pour ſuivre cette régle de prudence, il faut donc préférer le Genièvre ; puiſque pour réuſſir dans le traitement de cette maladie il
faut, comme le dit *Boerhaave* lui-même, dans l'aphoriſme 1156 :
» Avoir pour but de diſſoudre & d'atténuer ce qui eſt épaiſſi ; de
» rendre mobile ce qui croupit ; de donner de la fluidité à ce qui
» eſt trop lié. Il n'y a certainement point d'aromate parmi ceux que
Boerhaave cite, capable de produire ces effets avec plus de ſûreté
& moins de fougue que le Genièvre ; on n'en doutera point ſi on
fait quelqu'attention aux obſervations que nous avons rapportées
ci-deſſus.

Ces obſervations ſont fondées ſur ce que nous remarquons jour-
nellement & depuis long-temps des effets du Genièvre en Flandre, où il eſt d'un uſage fort commun, & où il ſe fabrique comme
en Hollande, & ſur les faits de pratique des Médecins de tous les
Pays-Bas, dont nous ne pouvons pas citer l'autorité, n'en connoiſ-
ſant pas qui aient écrit ſur cette matière. En jettant un coup-d'œil
ſur l'analogie & les rapports qu'il y a des Flamands aux Hollandois,
& ſur la différence qu'il y a des uns & des autres avec tous les autres Peuples Septentrionaux, on ſera forcé de convenir, que ſi l'uſage
du Genièvre convient à ces derniers, il doit convenir plus particulièrement aux premiers, c'eſt-à-dire, aux Flamands & aux Hollandois.

C

La fituation de l'Angleterre, du Dannemarck, de la Norwege, de la Suéde, de la plus grande partie de l'Allemagne & de la Ruffie, eft plus feptentrionale que celle de la Flandre & de la Hollande; le froid y eft plus fort, l'air plus fec, le terrain en général plus élevé & le fol moins aquatique, la terre moins fpongieufe; il y a par conféquent moins de caufes de relâchement & moins d'obftacles pour la fanté; auffi les hommes y font-ils plus forts, plus robuftes & plus nerveux; la température dans toutes ces Contrées eft en général froide & féche. L'impreffion prefque habituelle d'un froid vif & fec refferre les fibres, diminue les pores, & empêche par conféquent la diffipation des efprits; il donne de l'énergie à toute la machine; il accélere les ofcillations de tout le fyftême vafculeux; il augmente les forces trufives & celles des organes de la digeftion; en un mot, c'eft un aiguillon qui anime fans ceffe toutes les fonctions.

Le froid eft prefque auffi habituel en Flandre & en Hollande; mais il eft rarement vif & piquant, il eft le plus fouvent accompagné d'une humidité extrême, tant par l'abondance & la fréquence des pluies & des autres météores aqueux, que par l'exceffive évaporation qui fe fait fans ceffe des rivieres, des lacs, des canaux, des marais, des watergans, en un mot des eaux ftagnantes qui abondent par tout, de maniere qu'elles tranfudent prefque en tout temps à la fur-face de la terre, même fur les hauteurs; la Ville de Caffel peut être citée ici pour exemple; cette Ville eft fituée fur la plus grande éminence qu'on connoiffe dans tous les Pays-Bas, puifqu'on la décore du nom de montagne. Toutes les maifons y font prefque auffi humides au grenier qu'à la cave, & pour peu qu'on creufe, on trouve l'eau par tout très-près de la furface de la terre, même au haut de la montagne; on peut inférer de là, combien eft exceffive l'humidité des terrains bas & marécageux qui ne feroient pas habitables, s'ils n'étoient pas coupés par une multitude de canaux, de watergans & de foffés.

Ce qui ajoute infiniment aux inconvéniens du fol & du climat, c'eft que toutes ces eaux font mauvaifes; celles qui font réputées les meilleures font crues, dures & féléniteufes; ces eaux font peu pro-pres aux ufages domeftiques, puifqu'elles ne diffolvent le favon que très-imparfaitement. La température y eft auffi très-irréguliere & fu-jette à des variations fi oppofées & fi fréquentes, qu'il n'eft pas rare d'éprouver dans le même jour, pendant le plus beau temps, les quatre faisons de l'année. On peut voir ce que j'ai dit à ce sujet & avec plus de détail, dans un Mémoire sur le sol, l'air & les eaux du Calaisis, inséré dans le second volume du *Recueil d'Observations des Hôpitaux Militaires.*

Le régime des Flamands & des Hollandois est à peu près le même pour le fond que chez tous les Peuples du Nord. Il y a cependant quelques inconvéniens de plus pour la santé, par l'usage excessif qu'on y fait du thé, de la bière & du beurre ; le beurre entre par tout comme assaisonnement, ou comme aliment. On ne sauroit y manger du pain sec, & on conçoit à peine que cela soit possible ; les plus pauvres doivent avoir au moins du beurre ; par tout ailleurs la consommation en est proportionnée aux facultés, si bien que chez les gens aisés, tout nage dans le beurre, on ne fait rien pré-parer sans cela, le goût y est tellement fait qu'on trouve insipide, si on n'a pas une répugnance marquée pour tous les alimens où il n'entre pas & où il est trop ménagé.

On n'y est pas plus modéré dans l'usage du thé & de la bière, c'est la boisson ordinaire du Pays ; tout le monde boit du thé le matin & l'après-midi, & de la bière aux repas. Le Peuple & beau-coup de gens au-dessus du commun en boivent dans l'occasion à toute heure du jour ; ceux même qui sont assez aisés pour boire du vin, n'en boivent ordinairement que par régal, après s'être gorgés de bière. Quoiqu'on soit très-porté à donner au vin la préférence qu'il mérite sur la bière, ce n'est que dans les repas de cérémonie qu'il fait le principal honneur de la table ; mais soit besoin, soit habitude, il y a un penchant si décidé dans tous les Pays-Bas pour la boisson qu'on y boit alternativement de toutes sortes de liqueurs, excepté de l'eau, dont on est très-sobre & dont les mauvaises qualités ont introduit l'usage du thé. Tout le monde connoît les effets pernicieux de cette boisson, qui relâche & détruit le ressort de l'estomac lors-qu'on en fait excès.

M. *Malouin* semble regarder ce penchant à boire comme une disposition naturelle qui vient de l'influence du climat, aux Peuples qui approchent des Pôles : Voici ce qu'il dit à ce sujet.

» Il faut remarquer que les Habitans des Pays froids, sont plus

» portés à ufer de boiffons fpiritueufes & ont plus de répugnance à
» ne boire que de l'eau, que ceux qui habitent les Pays chauds, &
» cela plus ou moins felon que les Pays font ou plus chauds ou plus
» froids; c'eft par cette raifon que les Efpagnols & les Italiens font
» moins enclins à boire que ne le font les Allemands & les An-
» glois; ceux-ci ont naturellement moins d'inclination pour les li-
» queurs fpiritueufes que les Polonois, les Danois & les Suédois;
» ceux-ci moins que les Peuples de la Norwege, de la Zélande &
» de la Ruffie. L'Hiftoire des Tartares nous apprend que la même
» proportion a encore lieu dans la grande Tartarie, où les Tartares
» Ufbecks & les Calmoucks qui habitent dans le *Tanguet*, font
» moins adonnés à ce vice que les Mogols & les Calmoucks qui
» habitent au Nord de la Chine & des États du grand Mogol, &
» que les autres Tartares qui habitent au Nord de la Mer Cafpienne,
» & ces derniers moins que les Tartares de la Sibérie. En un mot,
» l'inclination naturelle pour les liqueurs eft d'autant plus forte
» dans les hommes, qu'ils habitent plus vers le Pôle.

» Si on examine les inclinations des Peuples qui habitent de l'au-
» tre côté de la ligne, on y trouvera la même chofe & dans la mê-
» me proportion. Les Hotentots qui demeurent dans la pointe du
» fud d'Afrique, les habitans du Chyli & leurs voifins qui habitent
» vers la pointe du fud de l'Amérique, font les Nations les plus avan-
» cées au fud; & ce font auffi entre les Peuples qui habitent au de-
» là de la ligne, ceux qui font les plus enclins à boire; ce que je
» rapporte pour faire voir qu'il y a quelque chofe de naturel dans
» l'inclination qu'on a pour les boiffons fpiritueufes, & qu'il ne faut
» pas dire que l'eau foit la feule boiffon naturelle des hommes.

Les liqueurs fpiritueufes ne font pas le feul ftimulant pour lequel
ces Peuples aient du penchant, ils n'en ont pas moins pour la fumée
du tabac, ils paffent de la pipe au verre & du verre à la pipe : il
femble que la falivation qu'excite l'habitude de cette fumée compenfe
en quelque forte le défaut de tranfpiration qui eft fort irréguliere
chez eux; mais revenons à notre fujet.

Les caufes du relâchement des folides, de l'épaiffiffement des liquides & de la lenteur de circulation, doivent donc être plus multipliées ou avoir plus d'intenfité en Flandre & en Hollande que dans

les autres Contrées feptentrionales qui n'ont pas les mêmes inconvéniens, ou qui les ont à un moindre degré ; par conféquent les liqueurs fortes , qui font les moyens propres pour combattre ces caufes , doivent y être plus néceffaires ; & il eft naturel qu'on y donne
la préférence à celles qui font reconnues par l'ufage pour être plus
falutaires , l'avantage à cet égard eft pour le Genièvre. Quoique le
goût & l'habitude puiffent y être pour quelque chofe , on pourra fe
convaincre par les obfervations fuivantes , que fes bons effets font
confirmés par des faits qui s'accordent parfaitement avec les principes que nous avons établis & les raifonnemens que nous en avons
déduits felon les règles les plus féveres de la faine Phyfique.

OBSERVATIONS PARTICULIERES

Sur les bons effets du Genièvre en Flandre.

Nous ne parlons ici que de la Flandre Autrichienne , où l'ufage
du Genièvre eft fort commun , par la facilité qu'on a de le tirer de
Warneton , petite Ville fur la Lys , à deux lieues d'Ypres & trois de
Lille , où on le fabrique. C'eft dans ce Pays que j'ai fait les premieres
recherches fur les effets de cette liqueur , qui y eft fort en vogue ,
furtout parmi le Peuple & les petits Bourgeois.

Les réflexions qui me donnerent occafion de faire les obfervations
générales que j'ai rapportées ci-deffus , me déterminerent à employer
le Genièvre , d'abord dans les foulévemens d'eftomac , les naufées ,
les hoquets & les vents , qui fatiguent pendant la digeftion , & qui
fuivent la filtration de la pituite dans les perfonnes pituiteufes , qui
touffent , qui crachent & qui mouchent fans ceffe ; pour tout dire en
un mot , dans les tempéramens qui pêchent par un excès d'humidité ,
que nos Auteurs font dépendre du vice ou de l'intempérie froide du
cerveau , *à ferofâ colluviè cerebri* , ou comme dit *Riviere* , *ab intem-
perie frigidâ cerebri*. J'y ajoutois alors du fyrop de menthe ou de
limons ; j'ai conftamment obfervé qu'il foulageoit très-promptement
& d'une manière fenfible , & qu'en en continuant l'ufage il difpen-
foit de cette fuite énorme de remèdes , que les Praticiens , entr'autres *Riviere* , confeillent affez inutilement contre une incommodité

naturelle qu'il eſt impoſſible de guérir, mais qu'il eſt très-poſſible de ſoulager. Je l'ai enſuite ordonné avec le même ſuccès dans tous les cas
d'indigeſtion & de digeſtions lentes, difficiles & pareſſeuſes, provenant de la foibleſſe, du relâchement ou de l'humidité de l'eſtomac. Je
m'en ſuis ſervi moi-même, & je m'en ſers encore lorſque par un travail forcé du cabinet je digere mal, avec tant de ſuccès, que je ne crois
pas qu'il ſoit poſſible d'indiquer un meilleur remède aux perſonnes ſtu-
dieuſes, foibles, délicates qui ſe plaignent de l'eſtomac ; aux jeunes
gens pâles & décolorés qui ſont malingres ou ſouvent malades, qui ſe
rétabliſſent difficilement, & qui digerent habituellement mal ; aux
Gens de Lettres qui ſe mettent au travail avant que la digeſtion ſoit
faite ; aux hypocondriaques & aux femmes hyſtériques & délicates
qui mangent ordinairement fort peu, & dont la digeſtion eſt toujours
accompagnée de rots & de vents qui gonflent l'eſtomac, & qui ſe
terminent par des anxiétés ou des borborygmes incommodes. Il
faut obſerver que dans tous ces cas, il m'a paru plus avantageux de
prendre le Genièvre, ſurtout lorſqu'on n'eſt pas accoutumé aux
liqueurs, dans une infuſion de thé, de méliſſe, de menthe, de vé-
ronique, de tilleul, de ſthœcas, de romarin, de petite ſauge, ou
d'hyſope ; on en met une petite cuillerée ou une demi-cuillerée à
caffé ſur chaque taſſe d'infuſion, & on en prend trois ou quatre
taſſes par intervalle dans la matinée, ou lorſque la digeſtion fatigue.
Cette précaution eſt néceſſaire pour les perſonnes maigres qui ſont
fort vives & fort échauffées, & ſurtout pour les femmes qui ſont
extrêmement ſenſibles, qui ont le genre nerveux fort vibratil & qui
ſont ſujettes à l'éréthiſme & aux ſpaſmes. Dans toute autre circonſ-
tance on le prend pur, depuis une once juſqu'à deux ; j'ai remarqué
que les hypocondriaques & les atrabilaires décharnés ſe trouvoient
très-bien de le prendre le ſoir, en y ajoutant de temps en temps
environ un demi-gros de thériaque, ſurtout lorſqu'ils ont le ſom-
meil léger, laborieux & interrompu par des ſonges ſiniſtres. Il faut
remarquer encore que les perſonnes ſéches & maigres ne doivent
en prendre que par intervalles, lorſqu'elles ne ſont pas accoutumées
aux liqueurs ſpiritueuſes.

Je l'ai employé bientôt après très-fréquemment & toujours avec
quelque avantage dans l'aſthme humide & dans tous les engorge-

mens pituiteux , ou lymphatiques du poumon lorfqu'ils étoient
exempts de fiévre. Dans les cas légers & ordinaires, j'y faifois ajouter le plus fouvent le fyrop d'éryfimum ou d'hyfope, pour en prendre une cuillerée à bouche toutes les deux ou trois heures ; je m'ap-
perçus dans la fuite qu'on pouvoit fe difpenfer de cette addition, en
faifant prendre en même temps pour boiffon l'infufion des bayes ou
celle d'iris de Florence. Dans les accès violens & de longue durée, je
me fuis très-bien trouvé de faire mêler le Genièvre à parties égales
avec l'eau d'hyfope ou de fénouil, dans laquelle on faifoit diffoudre
un peu de gomme ammoniac. Il faut remarquer que pour affurer ou
pour faciliter le fuccès du Genièvre dans ces cas, il faut fouvent le
faire précéder d'un vomitif; fans cette précaution, on auroit à craindre la fupreffion des crachats & la fièvre en en continuant long-
temps l'ufage. Il fait très-bien encore dans les rhumes gras où les
crachats font muqueux & vifqueux, lorfqu'ils font au point de coc-
tion néceffaire pour l'expectoration.

J'ai quelquefois modéré & fouvent abrégé les accès de quinte-toux
dans les enfans fort gras en leur faifant prendre le foir pendant deux
ou trois jours de fuite, depuis fix jufqu'à dix gouttes de cette liqueur,
avec un peu de diacode, ou deux ou trois gouttes anodines dans une
taffe d'infufion d'iris de Florence. Il convient de faire précéder cet
ufage de la purgation même réitérée dans les enfans qui ont prefque toujours les premieres voies farcies, & je profiterai de cette
occafion pour faire remarquer, qu'il n'y a rien de fi ridicule que de
purger, comme on fait ordinairement, ces enfans avec de la man-
ne. Ce corps gras ne fait qu'ajouter à des humeurs graffes, épaiffes
& glutineufes qui font fouvent la caufe du mal.

Le Genièvre m'a fouvent réuffi feul pour diffiper en très-peu de
temps les premiers fymptômes de la leucophlegmatie, l'empâtement
& l'engorgement des jambes qui fuccédent prefque toujours aux fié-
vres intermittentes, furtout dans les jeunes gens. Les eaux-de-vie de
grain étant défendues dans nos Hôpitaux, je me fers fouvent dans
ces cas d'une légere décoction ou d'une forte infufion de bayes de
Genièvre dans l'eau de fquine. Cette boiffon réuffit fi bien dans les
fujets foibles, que je la préfere fouvent aux apozèmes amers & apé-
ritifs aiguifés avec la terre foliée de tartre, qui agiffent comme par

enchantement. Je fais encore un très-grand ufage de cette boiſſon
à la fin de toutes les hydropifies ; c'eſt pourquoi je l'ai recomman-
dée dans ma Diſſertation ſur cette maladie. *Voyez mes Remarques &*
mes Obſervations ſur l'Hydropifie, page 102. Je ſuis fondé à croire,
d'après beaucoup d'obſervations particulières, que l'eau-de-vie de
Genièvre réuſſit mieux dans ces cas, que l'infuſion de ſes bayes, il
ſuffit d'en citer une des plus frappantes.

Dans le temps que j'étois Médecin de l'Hôpital d'Oſtende, je fus
conſulté, en me promenant du côté du Fort Philippe, par une
pauvre femme hydropique ; je lui preſcrivis quelques remèdes qui
réuſſirent; quelque temps après un particulier de ce canton me dit
que cette femme étoit défenflée, mais qu'elle ne pouvoit pas ſe réta-
blir ; je recommandai à cet homme de lui faire prendre environ quatre onces d'eau-de-vie de Genièvre par jour, en trois priſes, pendant quelques jours ; j'appris dans la huitaine qu'elle étoit parfaitement rétablie. J'ai vu depuis ce temps-là beaucoup d'hydropiques à
différens degrés, dont quelques-uns ſe ſont guéris & d'autres ont
vêcu beaucoup plus long-temps qu'on ne penſoit, en faiſant uſage
de cette liqueur, ſans vouloir prendre d'autres remèdes qu'on regarde comme inutiles, parce qu'on croit, dans preſque toute la Flandre, que cette maladie qu'on appelle *Water*, l'Eau, eſt incurable.

Depuis quelques années je fais un uſage très-fréquent de cette liqueur dans la cachexie ſcorbutique. Je n'emploie preſque pas d'autre
remède pour les filles qui ſont ſur le retour de l'âge, mal-réglées,
ou qui ſont appauvries par des fleurs blanches ; & ſurtout pour celles
qui ſont fort ſédentaires, qui fréquentent beaucoup les Égliſes, & que
pour cette raiſon on appelle Dévotes ou Béguines, qui ſont en très-
grand nombre dans ce Pays-ci. La plûpart de ces filles ſe portent,
depuis cet uſage, mieux qu'elles ne ſe ſont portées de leur vie.

Je vis dernièrement une jeune fille de mon voiſinage fort allarmée
de la crainte de devenir hydropique, parce qu'elle avoit les jambes en-
flées & l'eſtomac ſi gonflé qu'elle ne pouvoit plus tenir dans ſes ha-
bits ; je lui preſcrivis ſix onces de Genièvre, à prendre par cuillerée
dans l'infuſion de camomille romaine, & le ſoir une cuillerée tout
pur ; elle ne s'eſt plus apperçue de l'enfle ni du gonflement.

Une fille étoit ſujette avant ſes règles, à une douleur de reins ſi
violente

violente, qu'elle étoit deux jours fans pouvoir rien faire à chaque
période ; elle a été délivrée de cette douleur par l'ufage du Genièvre.

Le Genièvre n'eft pas moins efficace pour l'extérieur que pour
l'intérieur, dans tous les cas dépendans d'une infiltration humérale,
de l'engorgement lymphatique, du relâchement & de la perte du
reffort des parties. Je m'en fuis fouvent fervi avec fuccès, pour diffiper le gonflement qui refte autour des chevilles après les entorfes ;
dans les échymofes, les contufions & les meurtriffures récentes : Il
réuffit comme par miracle, dans le gonflement des genoux & des
autres articulations qui fe trouvent abreuvées par la ftagnation de la
fynovie, ou par l'infiltration de quelqu'autre humeur. Peut-être la
façon de l'employer dans ces cas contribue-t-elle en quelque chofe à
fon efficacité. On fait deffécher dans un poëlon de la drage, c'eft-
à-dire du marc de bière, on l'imbibe de Genièvre tandis qu'elle eft
bien chaude, & on en couvre la partie affligée ; elle ne tarde pas à
être rétablie dans l'état ordinaire, en répétant ce topique deux ou
trois fois par jour. Employé de la même façon, le Genièvre produit
le même effet dans l'œdeme des jambes & de toute autre partie ; dans
l'emphyfème, dans la bouffiffure & dans les engorgemens de toute
autre humeur que du fang ; la fueur qui s'établit fur la partie prouve
que ce topique agit comme difcuffif & comme un puiffant incifif.

Je l'ai employé auffi très-fréquemment dans les douleurs de rhu-
matifme : la maniere de le préparer pour cela eft de le faire chauffer
fur des cendres chaudes, d'y raper du favon blanc & de le fouetter
alternativement avec des brins de balai, pour en former une pommade
molle dont on frictionne la partie après l'avoir bien échauffée, en la
frottant avec une flanelle. Cette pommade eft excellente pour réfoudre
les tumeurs lymphatiques ; après l'avoir vue réuffir fur les hommes,
je l'ai confeillé plufieurs fois avec fuccès pour les engorgemens & les
tumeurs qui furviennent aux chevaux fur des parties qui font long-
temps comprimées, ou qui fuccèdent à la piquure du taon.

Je n'ai point d'obfervation qui me foit propre fur l'ufage qu'on
pourroit faire du Genièvre dans le traitement des plaies. Je me fuis
abftenu de l'y employer fur des raifons qui font l'éloge de ma fou-
miffion à l'autorité, fi elles ne font pas honneur à mon jugement &
à mes connoiffances. Il exifte une Déclaration du Roi du 24 Janvier

D

1713, qui défend l'ufage de toute autre eau-de-vie que de vin, pour le traitement des maladies, & l'Ordonnance des Hôpitaux du 1er. Janvier 1747, titre VI. article IV. défend expreffément celles de grain, fous peine de 1500 livres d'amende, à la charge des Entre-preneurs qui en fourniroient, & de punition exemplaire en cas de récidive ; mais cette Déclaration & cette Ordonnance ne difent pas les motifs de cette défenfe fi expreffe, & les Auteurs qui proferivent ou qui défaprouvent l'ufage de ces eaux-de-vie dans le traitement des maladies, ne font qu'expofer leur opinion fans aucune raifon. M. *Malouin*, qui s'eft expliqué le plus clairement à ce fujet, & qui eft fi attentif à affigner les différences des remèdes, dit, par forme d'avertiffement, » je ferai feulement obferver qu'il ne faut pas em-
» ployer pour les plaies d'autre eau-de-vie que de l'eau-devie de
» vin. Je ne penfe pas comme *Ludovic*, qui dit, *Differt. de Selett*.
» *Remed. in genere*, qu'on peut fe fervir de l'eau-de-vie de grain
» lorfqu'il s'agit de remèdes, foit pour prendre intérieurement,
» foit pour appliquer extérieurement ; le fentiment de *Ludovic* fur
» cela eft à rejetter. Il ne faut employer que l'eau-de-vie de vin pour
» la fanté, en général il faut toujours choifir ce qu'il y a de meil-
» leur pour les remèdes, foit pour prendre intérieurement, foit
» pour appliquer extérieurement. *Ludovic*, de fon côté, ou fon Com-
» mentateur, dit : *fpiritus in effettu par, præ aliis in fuper uberior*,
» *five communior fecalinus aut hordeaceus*.

Tout cela n'eft que des mots, *Ludovic* & *Malouin*, en s'expli-quant ainfi, ne font pas plus fondés, l'un à dire que ces eaux-de-vie font bonnes, que l'autre à dire qu'elles font mauvaifes. C'eft pro-prement avancer deux propofitions contradictoires fans preuves ; la queftion n'en refte donc pas moins indécife. Sans me charger de la réfoudre, je citerai des faits & des raifons capables d'éclairer & de tranquillifer ceux qui font chargés de veiller à la Police pour le bien & la fûreté du Public, fi ce qui réfulte de l'expérience vulgaire & des raifonnemens juftes, peut militer contre d'anciens préjugés & diffiper les frayeurs qu'ils ont fait naître.

Tout ce qui précède, prouve je crois, d'une manière affez claire & affez folide, que l'ufage de l'eau-de-vie de grain, qui eft la bafe du Genièvre, prife intérieurement, n'eft pas nuifible à la fanté, &

«qu'elle n'eſt pas moins bonne dans beaucoup d'incommodités &
dans quelques maladies que l'eau-de-vie de vin. Je viens de rapporter des obſervations ſur les bons effets qu'elle produit extérieurement dans beaucoup de cas où, à la vérité, il n'y a point de ſolu-
tion de continuité ; reſte donc à examiner ſi en effet elle eſt nuiſible
dans les plaies, ou ſi elle peut l'être.

Depuis deux ans qu'on a établi une Genièvrerie à Dunkerque, j'ai
ſu que pluſieurs Ouvriers qui s'étoient bleſſés, ne s'étoient pas ſervis
pour ſe panſer d'autre choſe que de l'eau-de-vie de Genièvre, &
qu'ils étoient guéris ſans accident & très-promptement. Je n'ai pas
été témoin des bleſſures ni du traitement ; mais avant de rien avancer
à ce ſujet, je me ſuis rendu ſur les lieux, pour conſtater les faits
avec toutes les précautions qui peuvent leur donner de la certitude
& qu'exige une choſe auſſi importante que celle qui intéreſſe le ſalut
du Public.

J'ai fait queſtionner par l'un des Entrepreneurs les deux Chefs de
la Genièvrerie, dont l'un a travaillé très-long-temps en Hollande,
& l'autre à Warneton ; ils ont cité l'un & l'autre beaucoup d'exemples de l'uſage du Genièvre dans le traitement des bleſſures, toujours ſans accidens & ſouvent avec ſuccès, parmi les ouvriers qu'ils
dirigent actuellement & qu'ils ont dirigés ailleurs. Il réſulte néan-
moins de leurs allégations & de la dépoſition de quelques ouvriers,
que ce n'eſt que dans les bleſſures légères qu'ils ſe ſont ſervis uniquement du Genièvre ; que dans des plaies plus graves, qui ont
exigé les ſoins du Chirurgien, il n'y a été employé que dans les
premiers panſemens qu'ils ont fait de leur chef, & quoique les Chirurgiens y aient employé dans la ſuite l'eau-de-vie ordinaire & d'autres médicamens, tels que les onguens, les emplâtres, les digeſtifs,
&c. ils n'avoient jamais remarqué aucun mauvais effet de l'application primitive du Genièvre, & qu'ils ne l'ont jamais déſapprouvée.
Parmi ceux qui ont été queſtionnés, celui qui eſt à la tête des ouvrages, a rapporté, que s'étant fait dernièrement une bleſſure aſſez conſidérable à la jambe, ſur la crête du *tibia*, il n'y avoit pas employé
autre choſe que du Genièvre, & qu'il avoit été guéri dans trois ou
quatre jours. Le Directeur a également rapporté qu'il avoit été guéri
de même d'une bleſſure aſſez conſidérable qu'il s'étoit faite il y a quel-

ques années à la jambe en tombant. Un des ouvriers a déclaré, qu'ayant reçu, il n'y a pas long-temps, un coup au front, il en étoit résulté une bleſſure au-deſſus de l'œil qui avoit beaucoup ſaigné, qu'il étoit guéri en la lavant d'abord avec du Genièvre, & en y appliquant enſuite une compreſſe trempée dans cette liqueur, qu'il avoit continuée pendant quelques jours. Les autres faits que je pourrois citer à ce ſujet different peu de ceux-ci, s'ils ne ſont pas ſuffiſans pour conſtater dans le Genièvre une efficacité égale à celle de l'eau-de-vie de vin, dans le traitement des plaies, ils le ſont au moins pour faire ſoupçonner qu'il n'y eſt pas auſſi nuiſible qu'on paroît avoir cru que les eaux-de-vie de grain en général l'étoient; mais comme c'eſt là le point eſſentiel qu'il importe d'éclaircir, examinons la choſe en elle-même, en remontant aux principes.

On emploie l'eau-de-vie dans le traitement des plaies comme un défenſif, un ſtimulant, un tonique, un aſtringent, un antiſeptique, un déterſif, un réſolutif, un répercuſſif, c'eſt-à-dire, pour préſerver les parties bleſſées de la mortification & de l'impreſſion nuiſible de l'air; pour ranimer les fibres contuſes qui ſont ſuſceptibles de l'être; pour donner du reſſort à celles qui ont ſouffert une trop forte extenſion; pour criſper l'orifice des vaiſſeaux ouverts; pour étancher le ſang; pour y empêcher l'abord d'une trop grande quantité d'humeurs; pour réſoudre celles qui ſont engorgées dans les vaiſſeaux voiſins; pour en empêcher la putréfaction; en un mot, pour révivifier les parties offenſées & y exciter une ſuppuration louable. Or, l'eau-de-vie ne produit tous ces effets que par ſa volatilité, ſa ténuité & ſon piquant; en un mot, par l'action vive & prompte qu'elle exerce ſur les parties ſenſibles qu'elle ſaiſit & qu'elle anime tout à coup, & en ſe mêlant intimement avec les liqueurs épanchées ou ſtagnantes, qui au moyen d'une douce chaleur qu'elle excite dans la partie, diſſolvent les fragmens des chairs & l'extrêmité des vaiſſeaux qui ne ſont plus ſuſceptibles de vie, par l'interruption de la circulation qui y portoit le ſuc nourricier & l'eſprit vivifiant. C'eſt ce qui forme le pus, qui eſt une humeur onctueuſe, douce & balſamique, qui humecte les bords de la plaie & en tient les ſurfaces dans un état de molleſſe ou de ſoupleſſe qui favoriſe l'extenſion des vaiſſeaux & l'agglutination de leurs orifices.

Nous avons remarqué ci-deſſus, que toutes les liqueurs ſpiritueuſes agiſſent à peu près de même, & qu'elles ne diffèrent que
du plus au moins, quant à leurs propriétés générales. Les eaux-de-
vie de grain peuvent donc produire à peu près le même effet que
celles de vin, quand à leur maniere d'agir. Il faut remarquer que
les liqueurs vineuſes & ſpiritueuſes qu'on tire des farineux, conſer-
vent une glutinoſité dont on a bien de la peine à les dépouiller.
C'eſt ſans doute ce qui a fait dire à *M. Geoffroy*, *Matiere Médicale*,
tom. 7, pag. 45, » qu'on tire de la bière un eſprit ardent qui eſt un
» peu ſemblable à l'eſprit de vin, mais d'une odeur & d'une ſaveur
» moins agréable & même âcre, à cauſe de ſon huile empyreumati-
» que, groſſière & âcre, dont on a bien de la peine à le dépouil-
» ler : c'eſt pourquoi on doit toujours préférer pour l'intérieur, l'eſ-
» prit qui eſt tiré du vin. Les Chirurgiens obſervent auſſi que cet
» eſprit de bière appliqué ſur les plaies eſt moins convenable, à cauſe
» de ſon acrimonie qui irrite un peu les plaies, ce qui fait croire
» que *M. Baumé* a eu tort de dire, d'une manière auſſi abſolue, que
» tous les eſprits inflammables ſont de même nature, qu'ils ont les
» mêmes propriétés, qu'ils diffèrent ſeulement entr'eux par des ſa-
» veurs & des odeurs qui ſont particulières à chacun d'eux, & qu'on
» ne peut enlever entièrement par les rectifications réïtérées. *Élém.*
» *de Pharmac. pag.* **452.**

Je ne ſuis point éloigné de croire qu'outre cette huile empyreumatique de l'eſprit de bière qui le rend âcre eſt d'un mauvais goût, par conſé-
quent peu propre pour l'uſage intérieur & pour le traitement des
plaies, cette liqueur n'ait encore l'inconvénient de former par ſa glutinoſité ou cette viſcoſité dont nous venons de parler, une eſpèce de
colle ou d'enduit à la ſurface des plaies, qui les deſſéche, qui roi-
dit l'orifice des vaiſſeaux & les met à l'abri du contact immédiat,
ou qui les rend inacceſſibles aux liqueurs balſamiques qui doivent
les pénétrer : mais cette huile empyreumatique n'exiſte pas dans le
Genièvre, & tout nous porte à croire qu'il n'a pas cette viſcoſité
qu'on reconnoît dans toutes les autres eaux-de-vie de grain. Il y a
naturellement beaucoup d'huile eſſentielle & volatile dans les bayes
de Genièvre, & nous avons remarqué que celle qui eſt graſſe &
même fixe étoit volatiliſée dans la diſtillation, par l'intermède de

l'efprit de grain ; cette huile ainfi volatilifée & fecondée par les autres principes du Genièvre, aufli exaltés, agit à fon tour fur la partie vifqueufe ou glutineufe du grain qu'elle attenue & qu'elle divife.
Il doit donc en réfulter une liqueur à peu près analogue ou peu différente de l'efprit de vin.

En admettant cette analogie & cette reffemblance, que nous fup-
pofons ici pour un moment, du Genièvre avec l'eau-de-vie de vin,
il n'en eft pas moins vrai que l'eau-de-vie doit-être préférée pour
le traitement des plaies, non à raifon de la fupériorité de fes qualités feulement, mais parce que ç'eft une liqueur naturelle & plus
fimple, qui eft le produit d'un mixte aufli naturel & aufli fimple,
dans lequel les proportions & les combinaifons doivent être plus
exaêtes que dans une liqueur faêtice, & par conféquent plus conforme
au vœu de la nature, qui femble fe plaire avec les chofes fimples.
Plut à Dieu qu'on fît attention à cette réflexion qui fe préfente ici
d'elle-même; nous ne verrions pas la Médecine tous les jours inon-
dée de nouvelles compofitions faêtices fi compliquées, qu'il n'eft pas
poffible d'en connoître l'effet, ni d'en faire une jufte application.
Nous ne fommes pas entrés dans cette difcuffion pour faire prévaloir
le Genièvre fur l'eau-de-vie ordinaire, mais pour favoir fi dans le
befoin on pourroit s'en fervir dans le traitement des plaies avec fûreté & fans inconvénient, ou pour chercher à connoître d'avance
quels feroient les moyens d'y remédier dans un cas de néceffité. C'eft
dans ce même deffein, que nous allons examiner les rapports qu'il
peut y avoir entre les différentes liqueurs fpiritueufes qui font en
ufage dans les Pays Septentrionaux, relativement à leurs qualités
fenfibles, à leur dégré de force, aux ingrédiens dont elles font com-
pofées & aux mêlanges qu'on en fait, pour connoître l'ufage qu'on
peut en faire, & le bien & le mal qui peut en réfulter.

Des qualités & des rapports de différentes liqueurs fpiritueufes.

Quoique tout le monde connoiffe la couleur, l'odeur & le goût de
l'eau-de-vie ordinaire de vin, comme elle doit fervir de terme de
comparaifon pour juger des autres liqueurs de ce genre, il eft néceffaire de rappeller ici fes qualités.

L'eau-de-vie pour être bonne doit être blanche, claire & tranſparente. La couleur ambrée qu'elle a ordinairement dans le commerce ne lui eſt pas propre, elle vient de la teinture qu'elle tire des tonneaux dans leſquels on la conſerve; c'eſt pourquoi plus l'eau-de-vie eſt colorée plus elle eſt vieille, mais elle n'eſt pas moins bonne, ſi elle n'eſt pas évaporée.

Plus elle eſt forte, plus elle mouſſe d'abord, moins la mouſſe ſe ſoutient & plus la liqueur eſt rude au toucher. Ce ſont les deux façons dont on ſe ſert dans les fabriques en grand pour juger de ſa force & pour connoître quand le vin eſt épuiſé. Elle devient douce au toucher à meſure qu'elle s'affoiblit, parce que l'abondance du phlegme, en émouſſant l'eſprit & en raliant les parties huileuſes, l'empêche de faire une impreſſion auſſi vive ſur les houpes nerveuſes des doigts; c'eſt auſſi de cette partie aqueuſe que s'échappe l'air qui forme la mouſſe, lorſqu'on agite fortement l'eau-de-vie, ou qu'on donne un coup ſec ſur la main avec un petit flacon rond, qu'on appelle épreuve ou éprouvette, qu'on tient pour cela dans les fabriques d'eau-de-vie.

Cette liqueur eſt d'une odeur vineuſe, ſuave, vive & pénétrante, & d'un goût piquant, mais agréable, qui excite dans l'inſtant une ſenſation de chaleur aſſez vive.

On diſtingue pluſieurs ſortes d'eau-de-vie dans le commerce, à raiſon de leur couleur, de leur odeur, de leur goût & de leur force; elles ſont toutes claires lorſqu'elles ſont nouvelles, mais leur tranſparence eſt plus ou moins matte, leur odeur plus ou moins ſuave & leur goût plus ou moins agréable, ſelon qu'elles ſont plus ou moins bien fabriquées, & ſelon la nature du vin.

Les eaux-de-vie de France ſont en général les plus eſtimées; celles de Bordéaux, de la Rochelle, de Bayonne & de Cette, vont à-peu-près de pair: elles ont quelque choſe de vineux qui les rend plus flatteuſes au goût; les autres ont toutes quelque choſe d'âpre qui varie, de maniere à pouvoir faire diſtinguer chaque eſpèce, même par l'odeur, ſurtout dans le phlegme qui après la combuſtion ſemble retenir l'impreſſion des bonnes & des mauvaiſes qualités, d'une manière plus marquée.

Celle de Coignac eſt infiniment ſupérieure, elle n'a cependant pas le goût vineux qui diſtingue celle de Bordeaux ; mais elle eſt plus forte ; il faut y être accoutumé pour la trouver agréable ; les connoiſ-ſeurs & ceux qui aiment les liqueurs la préfèrent à tout autre. Quoi-que plus eſtimée elle eſt moins uſuelle, non-ſeulement parce qu'elle eſt plus chère, mais parce qu'on la regarde plutôt comme liqueur de table, que comme propre à d'autres uſages ; elle n'eſt jamais auſſi claire que les autres, mais toujours aſſez fortement ambrée, ce qui fait croire qu'il y a quelque choſe d'étranger au vin.

L'eau-de-vie d'Handaye eſt la moins forte ; auſſi eſt-elle plus dou-ce, plus flatteuſe & plus agréable que toutes les autres. Elle tient rang parmi les liqueurs fines les plus eſtimées ; tous les Gourmets croient que c'eſt une liqueur compoſée ; ce qu'il y a de certain, c'eſt qu'on diſtingue aiſément qu'il y a du ſucre, par l'odeur de caramel qui devient très-ſenſible, en jettant le phlegme ſur une pêle rougie, & par la glutinoſité qu'elle laiſſe après qu'on l'a brûlée : on croit auſſi que la plus agréable eſt altérée avec un peu d'anis ; c'eſt pour-quoi bien des gens diſtinguent deux ſortes d'eau-de-vie d'Handaye, l'aniſée & non-aniſée.

L'Eſpagne fournit auſſi différentes eaux-de-vie ; celles de Barce-lonne ſont les plus communes dans le commerce ; elles ſont en gé-néral inférieures à celles de France ; elles ont preſque toutes un goût particulier, c'eſt un goût de terroir dont les Chymiſtes diſent qu'il eſt très-difficile de les dépouiller, & qu'on attribue à la nature du vin. Ce goût de terroir eſt remarquable dans les eaux-de-vie d'Ole-ron, qui ſont inférieures à toutes celles de France.

Le Genièvre bien fait eſt clair & tranſparent comme l'eau de roche, l'odeur & le goût en ſont agréables, & s'il ne flatte pas d'abord ceux qui ſont accoutumés à des liqueurs fines, ils ne tar-dent pas à s'y faire. Lorſqu'il eſt moins parfait, ſa tranſparence a un coup d'œil bleuâtre, plus ou moins foncé, ſelon qu'il s'éloigne de la perfection, & l'odeur & le goût, au lieu d'avoir quelque choſe de vineux & de laiſſer une douce & légère impreſſion de quelque choſe d'agréablement aromatique qui ſente le Genièvre, eſt ſuivi d'une forte impreſſion âcre & empyreumatique, qui irrite, qui rebute & qui eſt auſſi déſagréable qu'une médecine.

Nous avons comparé de toutes les façons le Genièvre de Hollande,

lande, de Warneton & de Dunkerque, le mieux fabriqué que nous
avons pu nous procurer. Il nous a paru à peu près égal au coup
d'œil, mais le dernier, c'eſt-à-dire celui de Dunkerque, nous a paru auſſi ſupérieur à celui de Hollande, que celui-ci l'eſt à celui de
Warneton, pour l'odeur & pour le goût. Sans pouvoir définir ce
goût, il a quelque choſe de fade qui participe de l'odeur du grain
germé & fermenté, & de l'empyreume qui devient tout à fait empyreumatique dans celui de Warneton ; & l'un & l'autre, en l'avalant,
laiſſe au gozier une impreſſion déſagréable & acrimonieuſe qui ne
ſe trouve pas dans celui de Dunkerque.

On croit que cette acrimonie de celui de Hollande, qui eſt d'ailleurs très bien fait, vient de la qualité des eaux, qui, étant ſur des
terres tourbeuſes emportent avec elles un ſel qui donne cette acrimonie, & que ſon goût moins flatteur vient de ce qu'il eſt moins
fort en Genièvre.

Le Keyſvaſſer a la même limpidité que le Genièvre ; cette liqueur
qui eſt très inflammable, a une petite odeur de noyau qui ſéduit,
& un goût très-piquant & très-fort, qui eſt d'abord fort âpre, &
qui ſe termine bien-tôt après par un arrière goût de fruit qui plaît ſi
fort, qu'on s'accoutume bien-tôt à cette liqueur. On la regarde d'ailleurs comme un excellent ſtomachique, & dans le fait, elle eſt très-
ſalutaire lorſqu'on a trop mangé. Cette liqueur ſe fabrique en Al-
ſace avec la mériſe ou ceriſe ſauvage ; elle eſt pour les Allemands
ce que le Genièvre eſt pour les Hollandois & pour les Flamands.
Depuis quelque temps elle paroît s'accréditer parmi les gens du bon
ton qui aiment les liqueurs. Si l'uſage en eſt ſalutaire, l'abus n'en
eſt pas moins nuiſible.

Le tafia ou le rum, c'eſt-à-dire, l'eau-de-vie de ſucre, quoique
très-violent, a une odeur & un goût fade, viſqueux & déſagréable
qui ſemble ſe rapprocher d'un arrière goût de ſantoline.

L'Arak, qui eſt l'eau-de-vie de ris, eſt encore plus violent &
beaucoup plus ſec que le rum ; ces deux liqueurs ſont fort âcres,
ſurtout la dernière ; il n'y a guères que des Marins qui puiſſent les
boire pures, quand ils n'en ont pas d'autres. On en fait des boiſſons
agréables ; la plus renommée eſt le *punch*, fort en uſage chez les
Anglois. Cette boiſſon ſe fait, en ajoutant à de l'eau bouillante, dans

E

des proportions convenables du rum ou de l'Arak, du jus de citron &
du fucre. J'en ai fait avec du Genièvre qui m'a paru beaucoup plus
agréable. Ces boiffons font excellentes dans des temps fort humides, au commencement des rhumes & de l'enchifrenement provenant du défaut ou de la fuppreffion fubite de la tranfpiration : elles
font auffi très-bonnes *in frigidâ & languidâ venere*.

Depuis environ un an on fait avec le tafia ou le rum & la réfine
de gayac, un remède contre la goutte, qui fe répand beaucoup en
France; c'eft à Bergues que l'ufage en a commencé, fur mon avis,
d'après une lettre de l'Amérique qui en faifoit un très-grand éloge.
Ce remède eft d'une violence extrême & on ne peut pas plus défa-
gréable. J'ai d'abord cru qu'il ne convenoit & ne pouvoit convenir
qu'à des gens gras & replets; jufqu'ici l'obfervation le confirme. J'ai
effayé de le préparer avec le Genièvre, il eft infiniment plus agréable, & je ne doute pas qu'il ne foit auffi efficace, au moins en
France, où l'on eft moins accoutumé aux liqueurs fortes.

Pour mieux conftater la force & les qualités de toutes ces liqueurs,
je les ai foumifes à différentes épreuves dans l'ordre qui fuit.

ÉPREUVES.

1°. J'ai pris une partie de chacune de ces liqueurs que j'ai mêlée
fucceffivement avec quatre parties d'eau, le mêlange s'eft fait très-
promptement.

2°. Dans le premier inftant il s'eft fait un mouvement à peu près
égal dans tous les mêlanges, & l'eau a paru un peu laiteufe, moins
avec les eaux-de-vie de vin qu'avec les autres liqueurs.

3°. Après que le mouvement a eu ceffé, l'eau n'a pas paru altérée.

4°. Trois jours après, celle mêlée avec les eaux-de-vie étoit dans
le même état.

5°. Celle du Genièvre de Hollande & de Dunkerque, quoique
très-claire, avoit un petit coup d'œil blanchâtre, mais fans fédiment.

6°. Dans celui de Warneton, au contraire, l'eau étoit moins claire
& il y avoit un fédiment affez confidérable blanc & glutineux.

7°. Celle du tafia étoit entièrement trouble, bourbeufe & chargée
de flocons glaireux, comme fi on y avoit diffout de la colle de poiffon.

8°. Celle de l'Arak étoit un peu opaque & laiteufe au fond du verre
feulement, mais fans fédiment, avec un flocon à peu près femblable

à une portion de germe d'œuf nageant au milieu du verre. L'eau de ces deux dernières liqueurs étoit graffe au toucher.

9°. Le produit de la première diftillation de Dunkerque, effayé de même, a laiffé un petit fédiment farineux.

10°. J'ai verfé quelques gouttes d'huile de tartre par défaillance, fur environ demi-once de chacune de ces liqueurs, toutes les eaux-de-vie font d'abord devenues troubles & épaiffes au fond du verre, mais fans fédiment; le Cognac feulement a laiffé un petit dépôt foyeux qui s'eft levé en pellicule, en agitant la liqueur.

11°. Le Genièvre de Hollande a confervé toute fa clarté & fa tranfparence, mais il a laiffé un petit dépôt très-blanc collé au fond du verre, dont on l'a détaché avec la pointe du canif, fous la forme de miettes de pâte.

12°. Celui de Dunkerque & de Warneton a pris une couleur très-légerement ambrée, abfolument femblable à celle de l'eau-de-vie ordinaire, fans fe troubler en aucune façon; celui de Warneton a laiffé au fond du verre une couche d'un dépôt farineux fi légère, que la pointe du canif n'y a point eu de prife; celui de Dunkerque n'a abfolument rien dépofé, mais la liqueur de fa premiere diftillation a laiffé un dépôt farineux qui s'eft élevé, en remuant le verre, comme une poudre farineufe.

13°. J'ai trempé dans chacune de ces liqueurs, une fiche de papier que j'ai préfentée à la flamme d'une bougie; toutes ces liqueurs ont pris feu, le Cognac avec plus de vivacité que toutes les autres, à l'exception de l'Arak qui a attaqué & confumé le papier en entier, tandis qu'il a refté très-humide & feulement noirci avec les autres liqueurs.

14°. J'ai préfenté une fiche allumée à une cuiller à bouche de chacune de ces liqueurs, l'Arak & le Cognac font celles qui ont brûlé plus long-temps, qui ont laiffé moins de phlegme & la cuiller plus nette. Le phlegme jetté fur les charbons ardens n'a pris feu qu'à l'eau-de-vie d'Handaye, elle en a laiffé plus de la moitié de la cuiller, les autres à peu près la moitié, excepté l'Arak & le Cognac qui n'en avoient pas un quart.

15°. J'ai jetté la même quantité de chacune de ces liqueurs fur une pelle rougie, elles fe font évaporées plus ou moins promptement fans prendre feu; toutes ont laiffé une tâche fur la pelle, excepté l'eau-de-vie de Barcelone; celle du Cognac étoit la plus forte, elle fem-

bloit indiquer quelque veſtige de caramel, ainſi que celle d'Handaye : le Genièvre n'a laiſſé d'autre impreſſion que celle que laiſſe
l'eau pure.

16°. Enfin j'ai eſſayé toutes ces liqueurs avec deux aréomètres ou
pèſe-liqueurs, de même forme mais de différente grandeur, je les
diſtingue pour cette raiſon en grand & en petit ; elles ont donné
les réſultats déſignés dans le tableau ſuivant. Il faut obſerver, au préa-
lable, que j'ai eſſayé avec ces mêmes aréomètres l'eſprit de vin, l'eſprit de Genièvre & trois ſortes d'eau-de-vie marchande, priſes au
hazard dans un magaſin, pour les faire ſervir de terme de comparai-
ſon, ſans les connoître.

*TABLEAU du degré de force de différentes Liqueurs eſſayées
avec deux Aréomètres.*

	LIQUEURS.	Aréomètres.	
		Petit.	Grand.
ESPRIT..... {	Eſprit de vin Marchand.	42½.	65½.
	Eſprit de Genièvre.	38½.	60½.
	Premier eſſai d'Eau-de-vie Marchande.	26.	45.
	Second eſſai.	26.	45.
	Troiſième eſſai	26.	45.
	Eau-de-vie de Cognac.	38½.	60.
EAU-DE-VIE.. {	De Bordeaux & la Rochelle.	25½.	44½.
	De Bayonne.	25.	44½.
	De Cette	28.	47.
	D'Handaye	»	5.
	D'Oleron	26.	45.
	De Barcelone	26.	45.
GENIÉVRE... {	Genièvre de Hollande.	26.	45.
	De Warneton.	25.	42½.
	De Dunkerque.	27½.	45.
	Keyſvaſſer.	25.	45.
	Taffia.	20.	35.
	Arak.	35.	52½.

Il réſulte de ces épreuves que toutes ces liqueurs ont des qualités qui les rapprochent beaucoup les unes des autres.

Que ſi elles different entre elles, c'eſt moins par leur nature & par leur force, puiſqu'elles ſont toutes inflammables & qu'on peut les mettre au même degré, en les reĉtifiant plus ou moins, que par leur odeur, leur goût & leur acrimonie.

Que cette acrimonie, pouvant en rendre l'uſage ſuſpeĉt, doit les faire rejetter dans tous les cas où elle eſt à craindre, ſoit qu'elle ſe rencontre dans les eaux-de-vie de vin, ſoit dans les eaux-de-vie faĉtices.

Que les eaux-de-vie naturelles ou de vin, étant réputées les meilleures, on doit préférer après elles, parmi les faĉtices, celles qui les imitent le plus.

Que par toutes les épreuves, le Genièvre bien fait paroît leur être plus analogue que toutes les autres.

Que dans toutes ces épreuves, rien n'indique que cette liqueur contienne quelque choſe qui puiſſe nuire, priſe intérieurement ou appliquée extérieurement.

Enfin que ces épreuves s'accordent parfaitement avec l'expérience & les obſervations que nous avons rapportées.

Pour porter l'attention juſqu'au ſcrupule dans la recherche des rapports du Genièvre avec l'eau-de-vie de vin, il ne reſtoit plus qu'à voir ſi l'analyſe s'accordoit avec les épreuves ; crainte de n'être pas aſſez exaĉt moi-même, je me ſuis adreſſé à un Artiſte auſſi connu & auſſi éclairé qu'exaĉt dans ſes opérations, M. *Decroix*, Apothicaire Chymiſte à Lille. La quantité de Genièvre que j'ai pu lui procurer n'étant pas ſuffiſante pour faire ſes expériences au feu, il l'a traité à froid avec l'alcaly fixe végétal. Les produits, de ces expériences appliquées à une égale quantité de bonne eau-de-vie de France & de Genièvre de Dunkerque, ont été tels qu'on les voit dans le tableau ſuivant.

TABLEAU des produits du Genièvre & de l'Eau-de-vie de vin.

Eau-de-vie de Genièvre. 4 onces.	Éfprit ardent. 1 once. 5 gros. 60 grains.	Phlegme. 2 onces. 1 gros. 24 grains.	L'efprit ardent & le phlegme enfemble. 3 onces. 7 gros. 12 grains.
Eau-de-vie de France. 4 onces.	Efprit ardent. 2 onces. 2 gros. 24 grains.	Phlegme. 1 once. 5 gros.	L'efprit ardent & le phlegme enfemble. 3 onces. 7 gros. 24 grains.

On a répété les mêmes opérations pour avoir la même quantité d'efprit; on y a mis le feu, après la déflagration, il a refté une matiere faline de couleur jaunâtre un peu humide, pefant demi-gros. Cette matiere defféchée étoit du poids de dix-huit grains; elle a fait efferveffence avec l'efprit de vitriol dans lequel elle s'eft diffoute parfaitement, à la réferve de quelques particules réfineufes de couleur brune qui ont furnagé la liqueur, & qu'on a évalué à deux grains, ce qui prouve que cette matiere defféchée contenoit feize grains d'alcaly fixe.

J'ai répété les mêmes expériences fur une égale quantité d'eau-de-vie de Bordeaux & d'eau-de-vie de Genièvre de Dunkerque, l'une & l'autre a quarante-cinq dégrés à mon grand aréomètre & vingt-fix au petit; j'ai trouvé les mêmes produits que ci-deffus, à quelques grains près de plus d'efprit dans l'une & dans l'autre liqueur, mais toujours inférieur dans le Genièvre relativement à l'eau-de-vie de vin.

La conféquence naturelle de cette analyfe eft, que le Genièvre eft réellement moins riche en efprit que l'eau-de-vie de vin prife au même dégré; mais il réfulte évidemment & de l'analyfe, & des épreuves, & de l'obfervation, que cette liqueur n'a par elle-même rien de nuifible, & que les mauvais effets qu'elle eft capable de produire, ne doivent être attribués qu'à l'excès, à l'abus & à la fauffe application qu'on en fait. Il nous refte à faire voir, que c'eft par-là principalement, que toutes les liqueurs deviennent également funeftes.

Des effets pernicieux des Liqueurs spiritueuses.

Quoique les effets ne soient pas toujours en raison des causes, il n'en est pas moins vrai, que ce qui produit un grand bien dans les circonstances favorables, produit aussi ordinairement un grand mal dans les circonstances contraires, & on convient assez généralement que plus les choses sont salutaires l'orsqu'on en use avec modération & à propos, plus elles sont nuisibles lorsqu'on en fait excès, ou qu'on en use à contre-temps, *Corruptio optimi pessima.* Cet axiome que personne ne contredit, ne sauroit être mieux appliqué qu'à l'abus des liqueurs spiritueuses. Les accidens qu'elles produisent ne sont pas rares ; l'expérience de tous les jours & de tous les lieux en fournit tant d'exemples, qu'il paroîtra peut-être superflu d'en parler, mais on ne sauroit trop répéter les vérités qui regardent la conduite des hommes pour la conservation de leur vie & de leur santé, d'autant qu'il est bien plus facile de prévenir la plûpart de leurs maladies, que de les guérir.

L'abus des liqueurs spiritueuses est également nuisible pour le corps & pour l'esprit ; elles attaquent & dérangent en même-temps toutes les parties & toutes les fonctions de l'un & toutes les facultés de l'autre. Un homme yvre est incapable d'action & de jugement ; cette vérité n'a pas échappé à Hipocrate : *Per ebrietatem aucto repente sanguine, animi functiones ejusque intellectûs concidunt*, *Hip. Lib. de Flatibus.* Les premiers effets de l'yvresse sont trop connus pour nous y arrêter, mais ses suites ne le sont peut-être pas assez, & c'est sur quoi nous devons insister.

Les liqueurs spiritueuses, ainsi que les liqueurs fermentées, prises avec excès ou trop fréquemment, font dans l'économie animale, ce que les tempêtes font dans le système physique ; elles agitent extraordinairement tout ce qui obéit, elles forcent, brisent & fracassent tout ce qui résiste ; à force d'agiter les liquides, & d'agacer les solides, ces liqueurs mettent toute la machine dans un état d'érétisme, de spasme & de violence qui les réduit dans un état d'anéantissement, lorsqu'ils rentrent dans le calme. Dans les premiers instans de trouble & d'agitation, où les uns font effort pour se resserrer,

tandis que les autres cherchent à s'étendre, il fe fait une forte d'ef-
fervefcence ou de bouillonnement dans les humeurs, qui s'augmente
à proportion de l'extenfion forcée que leur volume exige de la part
des vaiffeaux, & il réfulte de ce choc ou de ce conflit d'action & de
réaction, une chaleur violente qui diffipe la portée fluide des humeurs, & qui defféche les fibres : telle eft la fin ordinaire de l'abus
des liqueurs fpiritueufes.

Elles appauvriffent infenfiblement le fang & toutes les humeurs,
elles les épaiffiffent, elles les coagulent même à la longue; elles contrac-
tent, crifpent, roidiffent, racorniffent & durciffent les folides;
elles épuifent le fuc nerveux; elles émouffent le fentiment jufqu'à
l'apathie; elles minent les forces; elles attaquent enfin fi violemment
les conftitutions les plus fortes, que fi elles échappent à l'apoplexie
& à d'autres accidens qui font périr auffi promptement, il en réfulte
néceffairement un relâchement général & des engorgemens de toute
efpèce, d'où naiffent les maladies chroniques les plus redoutables &
les plus rébelles, les vertiges, la céphalalgie, le tremblement, le
marafme, la paralyfie, la phtyfie, la fièvre hectique, les hydropifies,
l'impuiffance, la démance ou l'imbécillité. Confultez *Fred. Hoffman*,
qui a fait un Chapitre affez étendu fur ce fujet dans le fecond volume
de fes ouvrages, page 391, fous ce titre, *De Noxâ potûs fpirituofi
vel nimis parci.*

Tous les Médecins s'accordent fur les funeftes effets de l'abus des
liqueurs fpiritueufes, & ils conviennent tous, qu'elles portent la première atteinte à l'eftomac, dont le délabrement influe fur tous les
autres vifcères. C'eft une caufe générale des plus grandes maladies.
Wedel dit que cette caufe eft fi fréquente & fi connue, que fi on
voit un malade qui fe plaint de dégoût & de douleurs dans les membres, il ne faut pas manquer de lui demander s'il fait ufage de liqueurs fpiritueufes & s'il fume. *Lifter* n'attribue pas à d'autre caufe
la plûpart des confomptions & des hydropifies fi fréquentes en Angleterre. *Silvius* croit que c'eft de-là que viennent fouvent l'épy-
lepfie, l'hydropifie & l'inappétence. *Gafp. Hoffman* s'explique d'une
manière encore plus précife, il dit expreffément qu'il eft aifé de
remarquer, fur tout parmi les femmes, que les liqueurs fpiritueufes,
dont il fait l'énumération, font fi nuifibles à l'eftomac & aux autres
vifcères,

viſcères, qu'elles menent à la colliquation, qui ſe termine bien-tôt après par une hydropiſie toujours funeſte.

C'eſt en effet parmi les femmes qu'on entend parler, bien plus communément que parmi les hommes, de maux de cœur, de défaillances, de douleurs dans le creux de l'eſtomac, qui ſont les premiers effets de l'abus des liqueurs ; comme elles ne ſoupçonnent pas que le mal vienne de cette cauſe, elles l'aggravent ſans-ceſſe, en recourant fréquemment à leur liqueur favorite, parce qu'elles en ſont ſoulagées dans le moment, & qu'elles s'en ſont bien trouvées, tant qu'elles en ont fait un uſage modéré. A meſure que le mal augmente, elles augmentent ou elles multiplient les doſes, & elles s'y accoutument inſenſiblement ſi bien, qu'elles parviennent à en prendre une ſi grande quantité, qu'on ne peut le croire ſans le voir, & qu'elles ne peuvent plus s'en paſſer, ſans riſquer de périr. On diroit qu'elles ont pris pour guide ce précepte de l'École de Salerne :

Si noƈturna tibi noceat potatio vini,
Matutinâ horâ rebibas, & erit medicina.

Ce qu'un Traduƈteur a très agréablement rendu dans ces vers :

Si pour avoir trop bû la veille,
Votre eſtomac eſt dérangé,
Ayez dès le matin recours à la bouteille ;
Vous ſerez bien-tôt ſoulagé,
Par ce remède bien purgé,
Aux maux de cœur, aux maux de tête,
Vous donnerez un prompt congé,
En prenant du poil de la bête.

En ſuivant cette règle, il y a des femmes qui parviennent à boire juſqu'à une bouteille d'eau-de-vie par jour, ce qu'on ne ſe perſuadera pas. Lorſqu'on eſt parvenu à cet excès, quoiqu'en diſe *Baglivi*, il ſeroit dangereux de rompre cette habitude ; il faut ſe borner à la modérer, l'obſervation ſuivante en eſt une preuve.

En 1764, je fus appellé de nuit pour voir une Demoiſelle d'un certain âge, réduite à l'agonie, n'ayant plus que le ſouffle, ſans pouls,

F

fans chaleur & fans mouvement ; je compris bien qu'elle étoit blafée, j'en fis cependant la queftion ; fur la réponfe qu'on me fit, qu'elle étoit tellement adonnée à l'eau-de-vie, qu'on s'étoit cru obligé de l'en priver, j'en demandai une bouteille ; je lui en donnai environ fix onces à différentes reprifes, dans l'efpace de deux heures, elle revint ; on continua à lui en donner par cuillerées toutes les deux ou trois heures, elle fe rétablit : je lui confeillai enfuite de fe borner à en prendre deux onces le matin, deux onces à midi & deux onces le foir. Je ne fais fi elle s'en eft tenue à cette dofe, mais je fais qu'elle vivoit encore il n'y a pas long-temps, & qu'elle a furvecu à huit perfonnes de fa famille toutes plus jeunes qu'elle.

Cette obfervation infirme en quelque chofe ce que rapporte *Baglivi*, d'un Courtifan d'Innocent XII. qu'il dit avoir guéri d'un tremblement occafionné par l'abus des liqueurs, en y renonçant entiérement ; mais elle donne une nouvelle force à la note que j'ai ajoûtée au texte de *Baglivi. Voyez ma Traduction, page 218.* Il y a lieu de croire que ce Courtifan n'avoit pas porté bien loin l'abus des liqueurs, & qu'on s'étoit apperçu affez-tôt du danger pour l'en retirer. Lorfque cet abus eft fréquent, lorfque l'excès eft porté à un certain dégré, lorfque l'habitude eft invétérée, on eft bientôt réduit dans un état d'appauvriffement & de foibleffe qui rend les liqueurs néceffaires. Le dégoût qui s'en fuit ne permettant pas de prendre une nourriture fuffifante, & l'eftomac ne faifant prefque plus de fonctions, on ne vit plus que par artifice, l'homme eft une machine qu'il faut monter, & que les liqueurs feules animent. La plûpart des blafés, lorfqu'on les prive de liqueurs, font précifément dans le même état que les yvrognes dans le fort de l'yvreffe, fans forces, fans action & fans jugement ; ils ont un air languiffant, ils font comme hébêtés, abrutis, ftupides ou imbécilles ; ils femblent, comme dit *M. le Camus*, n'avoir pas plus de raifon qu'un outre qu'on emplit & qu'on défemplit ; ce qui répond parfaitement bien à cette defcription d'un yvrogne.

Hominem vini vis penetravit
Acris, & in venas difceffit deditus ardor,
Confequitur gravitas membrorum, præpediuntur
Crura vacillanti, tardefcit lingua, madet mens.

Tout le monde fait que les yvrognes décidés mangent peu, j'en ai connu un de la claffe du peuple, qui vouloit s'abonner à deux fols de pain par femaine, pourvu qu'on lui donnat autant de vin qu'il voudroit. Il y a des phénomènes dans ce genre quelquefois auffi effrayans qu'étonnans, j'en ai vu un, le plus fingulier peut-être qu'on puiffe voir en fait d'yvrognerie.

Trois Anglois pafferent, il y a quelque années, à Calais, uniquement dans le deffein de boire; en arrivant ils donnerent ordre de les fervir fans difcontinuer, réfolus de ne pas quitter la table, tant qu'ils pourroient y tenir; environ vingt-quatre heures après le plus fort devint tout-à-coup rouge comme une écreviffe, fur toute la furface du corps; il faigna un peu du nez & il fe trouva mal : je fus appellé, mon étonnement qui fut extrême, rédoubla lorfque je le vis devenir tout-à-coup pourpre. Il mourut fept à huit heures après, dans une fi grande diffolution qu'on fut obligé de l'enterrer dans la journée.

Quoique l'yvreffe puiffe être accompagnée d'accidens fi graves & connus depuis fi long-temps, qu'Hypocrate annonce qu'un yvrogne qui perd la parole, périt dans les convulfions, s'il ne la recouvre pas au moment où l'yvreffe doit ceffer; l'abus des liqueurs fpiritueufes eft encore plus dangereux, parce qu'elles affectent davantage l'eftomac & le cerveau. C'eft le jugement de *Pechlin*, qui dit que l'yvrognerie expofe à la goutte, mais que ceux qui abufent des liqueurs fpiritueufes vivent peu & qu'ils font expofés à la phthyfie, à l'hydropifie, à l'ictère, à la foibleffe des membres & des fens. Nous croyons néceffaire de rapporter le texte d'*Hypocrate* & de *Pechlin* à ce fujet, pour qu'on puiffe fe convaincre de ces vérités, en les comparant.

Si ebrius obmutuerit, convulfus moritur, nifi febre corripiatur, aut ubi ad horam pervenerit, quâ folvuntur crapulæ, vocem receperit Hip. Aphor. 5, fect. 5.

Qui vino fe ingurgitant non adeo prericlitantur, quam qui afpiritu ejus; & in hifce pauci feram ætatem attingunt. A vini quidem confuetudine, fi eo natura contendat, arthritidis periculum, fed avini fpi-

ritu tabes , hydrops atque iĉterus , membrorum que omnium ac fenfuum palpitatio. Pechlin. Lib. 3 , Obferv. 38.

Les obfervations faites fur les cadavres confirment, de la maniere la plus authentique, tout ce qu'on dit des effets funeftes de l'abus des liqueurs fpiritueufes. *Riedlin* dit qu'il a eu quelque fois occafion d'examiner des fujets qui étoient morts d'hydropifie, de phthyfie ou de crachement de fang, à la fuite de l'abus des liqueurs fpiritueufes, qu'il a toujours trouvé dans leurs cadavres non-feulement des dure-tés & des ulcérations dans le foie & dans le poumon, mais encore des concrétions polypeufes dans les vaiffeaux. Il rapporte encore, qu'ayant ouvert le cadavre d'un homme qui, ne pouvant prendre au-cune nourriture, étoit mort confumé par l'eau-de-vie, il avoit trouvé l'eftomac & tous les inteftins racornis & rapetiffés, les conduits bi-liaires obliterés, la bile épanchée à la furface de tout le corps, le pancréas fec, femblable à une membrane rabougrie & tout le corps deffeché.

Il feroit aifé de multiplier ces obfervations & de raffembler beau-coup de faits fort finguliers fur ce fujet, mais cela feroit fuperflu, ils tendent tous à prouver qu'il n'y a rien de fi funefte que l'abus des li-queurs fpiritueufes dans l'état de fanté, & rien de fi dangereux dans l'état de maladie, lorfqu'on en fait une fauffe application & qu'on les emploie à contre-temps. Nous croyons avoir indiqué des moyens fuffifans, pour qu'on puiffe fe conduire fagement dans l'un & dans l'autre cas, cependant nous croyons devoir faire obferver encore pour plus de fûreté.

1°. Que l'ufage des liqueurs fpiritueufes, même les plus falutai-res, doit toujours être modéré.

2°. Que plus elles font fortes, plus on doit en ufer fobrement, & plus on doit en ménager la dofe.

3°. Que dans aucun cas, aucun temps & dans aucun lieu, elle ne peuvent convenir aux jeunes gens que comme remède.

4°. Qu'elles font en général, auffi pernicieufes dans les Pays chauds & dans une athmofphère feche, qu'elles font falutaires dans les Pays froids, humides & marécageux.

5°. Qu'elles font auffi contraires aux perfonnes d'une conftitution forte & feche, d'un tempéramment fanguin & bilieux, qu'elles font favorables aux phlegmatiques, aux pituiteux & aux personnes graffes, lentes & foibles.

6°, Qu'elles font toujours très-dangereufes dans tous les cas où il y a fiévre, chaleur, douleur, tenfion, irritation, ou agacement.

Je n'excepte de ces régles aucune liqueur fpiritueufe, mais comme il eft particulierement queftion ici du Genièvre dans lequel on a beaucoup de confiance & qu'on l'employe très-fréquemment dans toutes les affections de l'eftomac & de la veffie, il eft important de faire connoître les cas où l'on peut être expofé à la méprife; rien n'eft plus propre pour cela que d'appliquer à l'eau-de-vie de Genièvre, ce que M. Geoffroy dit de fes bayes. C'eft ainfi qu'il s'explique Mat. Med. tom. 7, page 128.

» Cependant il ne faut pas les regarder comme une panacée, &
» les employer dans toutes fortes de maladies, comme quelques-uns
» le veulent : elles conviennent feulement dans les maladies pitui-
» teufes & lorfqu'on découvre de l'atonie, ou de la foibleffe dans
» les fibres, fans quoi elles augmentent le bouillonnement du fang
» & caufent de l'ardeur & de la phlogofe dans les parties folides;
» c'eft pourquoi on voit fouvent des fuppreffions où l'ardeur d'uri-
» ne après en avoir fait ufage, des diftenfions dans l'eftomac, des
» rots & une plus grande quantité de vents qu'auparavant, lorfque
» l'eftomac & les inteftins font chauds & enflammés. J'ai obfer-
» vé très-fouvent que l'ufage de ces bayes rendoit les urines ar-
» dentes & emflammées, caufoit la douleur des reins, l'ardeur de
» l'urine, & enfin dans la cachexie & l'hydropifie, lorfqu'il y a dans
» les vifcères une difpofition inflammatoire, une diminution remar-
» quable des urines; c'eft pourquoi je ne confeille pas facilement
» l'ufage de ce diuretique, à moins qu'on n'ait bien obfervé aupa-
» ravant la conftitution des vifcères, & qu'on ne fache qu'ils font
» exempts de toute chaleur & d'inflammation. Il faut ufer de la mê-
» me précaution dans quelques maladies de l'eftomac, dans les dé-
» goûts, les vents, la difficulté de la digeftion, les naufées, les
» envies de vomir qui font-très fouvent des fymptomes, de la ma-
» ladie des reins, car dans ces maladies fymptomatiques de l'efto-
» mac, l'ufage des bayes de Genièvre eft nuifible; au lieu qu'il feroit
» utile, fi ces maladies étoient idiopatiques.

Après toutes les raisons que nous avons alléguées & l'attention scrupuleuse que nous avons apportée dans nos recherches, nous nous croyons fondés à conclure que l'eau-de-vie de Genièvre prise avec modération dans l'état de santé, employée avec discernement & à propos dans les incommodités & dans les maladies qui dépendent du relâchement & de la foiblesse des solides, de l'épaississement & de la lenteur des humeurs, doit-être regardée comme un remède salutaire, & comme une liqueur bienfaisante, surtout dans les Pays-Bas, froids, humides & marécageux.

A Bergues le premier Août 1777.

Signé, DAIGNAN.

A SAINT-OMER: De l'Imprimerie de H. F. BOUBERS. 1777.